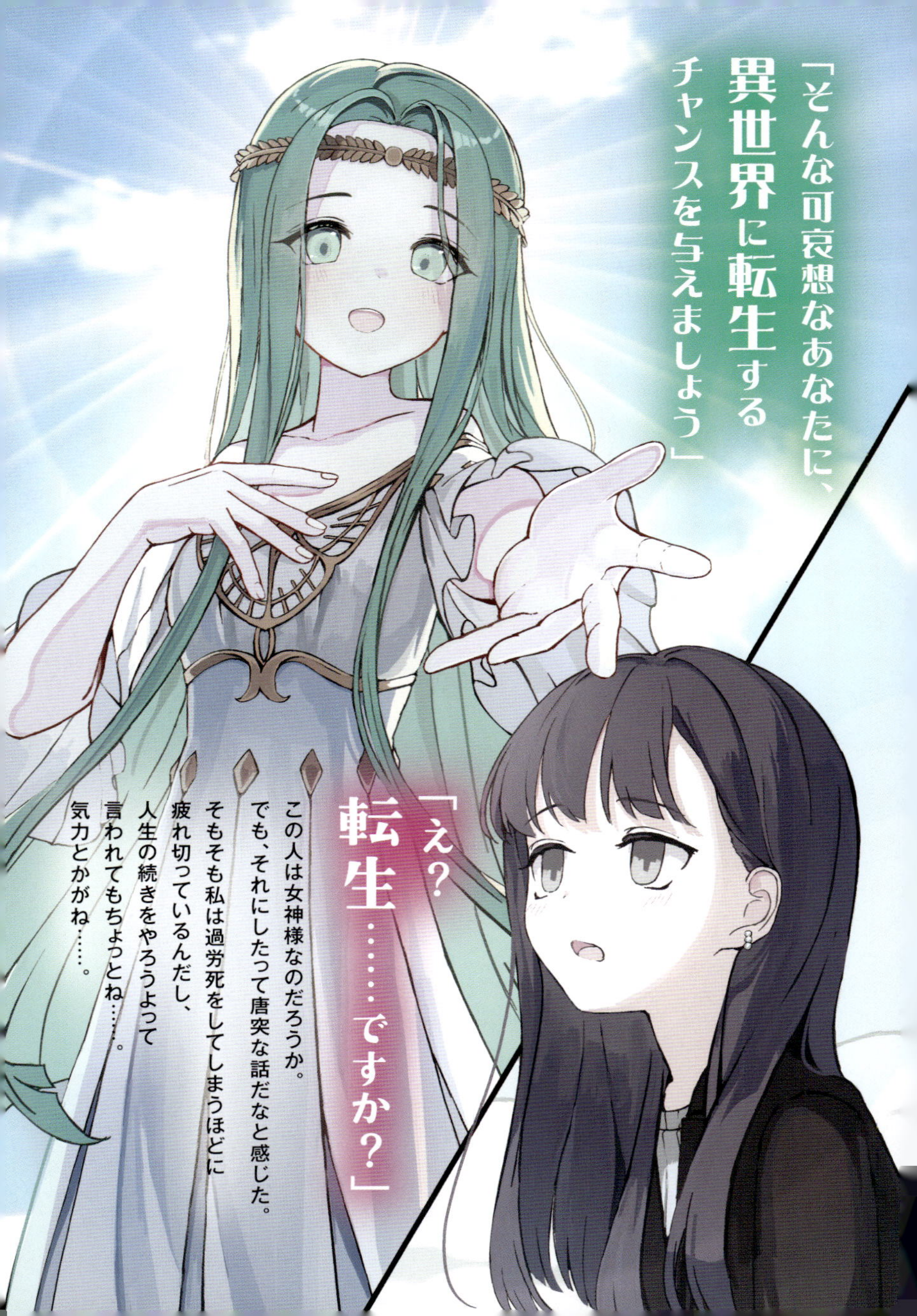
「そんな可哀想なあなたに、
異世界に転生する
チャンスを与えましょう」
「え？
転生……ですか？」
この人は女神様なのだろうか。
でも、それにしたって唐突な話だなと感じた。
そもそも私は過労死をしてしまうほどに
疲れ切っているんだし、
人生の続きをやろうよって
言われてもちょっとね……。
気力とかがね……。

アイシャ
魔法学園ワンダーランドに所属する
魔法少女。カノンの元にイヤイヤ
弟子入りに来て一緒に卒業課題を
することになる。幼少期から
天才街道まっしぐらだったため
自信過剰なところがある。
わりとツンデレな美少女。
イリス
アイシャと同じ魔法学園に
所属する女の子。ウサギの
ぬいぐるみが大好きで
いつも抱きしめている。
リルル
となり街に住んでいる
可愛らしい魔女さん。
魔女のお店を経営していて、
近隣の街に住むたくさんの
人たちから頼られている。
猫が大好きで猫推しな人。

女神
リリシア
カノンの転生を担当した
パッと見は清楚で美しい女神様。
実はお酒が大好きで
ハイボールなどを好んで飲む。
カノン
スキル〈ホーミング〉によって
強力魔法を絶対に当てることが
できる魔女。人呼んで森の聖女様。
元々は日本の会社で働いていた
OLだったが、過労死してしまい転生して
この姿になった。今はとにかく
スローライフがしたくて
たまらない。
コリンヌ
ギルドの受付嬢兼看板娘。
カノンに暮らし方や
モンスターとの戦い方を
教えてくれた心優しい女性。

【フレアストライク】！
真っ赤になった空から赤いレーザービーム
みたいなのが超高速で走っていった。
木々の向こうのどこかに着弾して
大きな火柱を立ち上らせる。
これで中くらいの威力なら、
大威力にするとどれくらいになるのだろうか。

私の魔法は絶対に当たるんです
～スローライフを守るために魔法を撃ち続けていたら、いつの間にか森の聖女になっていました～
天坂つばさ
[Illustrator]
みきさい

Contents

Illust：みきさい
Design：山田和香＋ベイブリッジ・スタジオ

プロローグ　姫宮花音《ひめみやかのん》は転生しました

働けども、働けども、幸せになれない。

楽になるどころか、苦しくなるばかり。

同僚は冷たくて、上司はどうしようもない人で、取引先には常識がない人たちしかいない。

私、姫宮花音はいわゆる社畜だ。過労死まっしぐらの真性の社畜。どうしても趣味を仕事にしたくて宝飾関連企業を選んだのは大失敗だったみたいだ。ネットにブラックって書かれるような企業だったのは知っていたのに、本当に私はバカだった。

ある日、雪の降る寒い夜だった。

身体《からだ》を震わせながら入ったスーパーで私はセール中のアイスを買った。ちょっと贅沢《ぜいたく》な金曜日の夜を楽しもうって思ったんだよね。

家に帰ると私はさっそくアイスを一口だけ食べた。それがあまりにも美味《おい》しすぎた。美味しすぎて天国にいけるとすら思えた。涙が出た。

そんな幸せな一口が、私の最後の食事だった。

私、姫宮花音は死んでしまった。二六年の命だった。

いつかスローライフを楽しむんだって夢見ていたのに、その願いは叶《かな》わず、志半ばで過労死してしまった。

△

目が覚めたら、私はとても明るくて温かな場所にいた。

すぐ目の前には美しい女性がいて私を見てほほえんでいた。

あまりにも顔立ちが整っている人だった。髪はうらやましいほどに艶《つや》やかだし、瞳はエメラルドグリーンの海のよう。薄手のワンピースを着ている関係で、抜群に良《い》いスタイルなのがはっきりと見てとれた。私はこの人を見て、まるで絵に描いたような美女だなと感じた――。

そんな女性が慈愛に満ちた表情を浮かべつつ私に優しい声で話しかけてくれた。

「ああ、あなたはなんて可哀想《かわいそう》な死に方をしてしまったのでしょうか」

なんかいきなり同情されてるんだけど。しかも死んだって言ったよね……。

「私、やっぱり死んじゃったんですね……」

まあずっとひどい働き方をしていたし、そのうち天国に旅立つだろうなって予感はあったよ。

……あれ、ここってちゃんと天国だよね。つまり私、良い子だったんだ。あまり自信がなかったけど天国に来られたのならそういうことでしょ。けっこう嬉《うれ》しかった。

目の前の綺麗《きれい》な女性が再びほほえんでくれた。

「そんな可哀想なあなたに、異世界に転生するチャンスを与えましょう」

「え？　転生……ですか？」

「はい、あなたは新たな身体を得ることで、人生の続きを楽しむことができるのです」

この人は女神様なのだろうか。

でも、それにしたって唐突な話だなと感じた。判断材料が一つもないのに、転生するかどうかなんて大変なことを簡単には決められないよ。

そもそも私は過労死をしてしまうほどに疲れ切っているんだし、人生の続きをやろうよって言われてもちょっとね……。気力とかがね……。

私は周囲を確認してみた。

雲の上みたいな場所だ。陽射《ひざ》しは穏やかで、うさぎがぴょんぴょんしていて、目の前の女神様みたいな人は綺麗で――。ここで暮らしていけたとしたら何も不自由はなさそうだなって感じた。

「あのー、たとえばですけど……。私がここで暮らしていくのってダメなんでしょうか。実は働き過ぎて疲れ切っていまして。私、スローライフに憧れがあったのもありまして、この温かな場所で暮らしていきたいなって思ったんですけど……」

「まあ、あなたはスローライフを楽しみたいのですね。その願い、叶えてあげましょう」

言ってみるものだね。

「この世界でのスローライフを楽しみたいです。できれば末永く、永遠に……」

「なるほど。末永く生きることのできる長命種族に転生したいのですね。叶えましょう」

あれ？　今、転生って言った？

「あの、転生じゃなくて、この世界でのスローライフって話ですよね？　私、本当にスローライフをしたくて――」

「スキルについてはいかがでしょうか？」

んんんー？　やっぱり会話が成立していないぞ？

「スキル……ですか？」

「転生者にはスキルを付与する特典があるので使っちゃいましょう。使わないと、とてももったいないですよ。勇者っぽい武器を手に入れるのもＯＫですよ」

やだもー。転生ってはっきり言っちゃってるよ。この女神様みたいな人は私の話をまったく聞いてなかったんじゃーん。

とほほ……。なるべく自分の理想の生活に近づくように要望を出すしかなさそうだ。

「勇者っぽい武器って……。私、戦うのとか絶対に無理ですよ。もし戦うんだとしても、適当に強い魔法を撃つだけで、絶対に自動で敵に当たるスキルくらいないと戦えないです」

女神様みたいな人が納得顔でほほえんだ。

「分かりました。ありとあらゆる魔法を習得したうえで、スキル〈ホーミング〉で照準をつけて、魔法が必ず当たるようにしたいんですね」

「あ、でも、これは大事な話なんですけど。私の第一志望としては、この温かな世界で暮らしていくことでして……」

「はい。では転生のご案内は以上になります。これからあなたを転生させますね。どうか次の人生ではお幸せに」

「いや、会話になってな――」

「お相手は女神リリシアでした。ひゃっほー。これで今日の業務おーわりー！」

「ちょ、聞いてっ。私の話を――。仕事終わりのテンションになるのはまだ早いですよ――」

そこから先の記憶はない。

ただ、ああ見えて女神リリシアは本気で私の人生を心配してくれていた。そういう気持ちだけは不思議と伝わってきた。

△

知らない家の中にいた。私は知らない服を着ていた。

長い髪を指ですくってみると綺麗な桃色の髪だった。私は元々黒髪だった。つまり転生したんだろう。本当はあの温かな世界でスローライフを楽しみたかった……。でもその願いは叶えてもらえなかったんだね……。

まあ女神様にも女神様なりのお仕事の事情があるんだろうね。どうやらスキルとかを優遇してもらえたみたいだし、転生させてもらえただけでも幸運だったと思うことにしようか。

さて、これからどうしようかな。

周囲を少し見てみる。おしゃれな調度品が揃《そろ》っていた。素敵なお部屋だね。

ていうか、あれー。横を向いたときに胸部にけっこうな重量感があったんだけど。

胸をぺたぺた触ってみる。すっごくむにゅむにゅする。私は元々ぺったんこだった。つまり転生のおかげで、まさかのボリュームアップを果たしたようだった。ちょっと感動してしまった。

鏡を探して自分の姿を確認してみる。

あらあら、なんて可愛《かわい》らしい美少女がいるんでしょう。

見た目の年齢は高校生くらい。服はゲームのヒロインが着ていそうな胸の谷間を強調するものだった。前世だったら恥ずかしいけど、まあいいかなー。フリルのついたスカートはとても可愛いし、今の私に似合っていると思う。

なんとなく家の中を少し探検してみた。

意外にもキッチンテーブルの上に女神リリシアの書き置きを見つけた。

さっそく読んでみる。これはこの世界での暮らし方マニュアルみたいなものだね。そこにはこの家を使っていいよってこともしっかりと書いてあった。

ここが私の新しい家か——。

そして新しい私はスタイルの良い美少女になっている。

なんだか少しわくわくしてきたよ。

新しい土地で新しい家に住んで、しかも、新しい身体での生活が始まるんだね。前世ではすっかり忘れていた生きる希望ってものが、目の前にいっぱい広がっている感じがした。

なんだかジッとしていられないな。外に出て歩いてみようかなって思う。

第1章　初めての異世界

1　異世界を歩く

家を出て外の景色を見てみる。

どう見ても森だった。

「ここは森の中……なの？」

私の家は森の中にぽつんと建っていたようだ。ご近所さんとかはいないみたい。

これって防犯的には大丈夫なのだろうか。女神様のくれた家だし安全ではあるのかな。

「日本の森とは雰囲気がだいぶ違うね」

針葉樹が絵になる感じに均等に立っていてキノコがたくさん生えている。キノコはカラフルだし大きいし変な形のが多いし、異世界っていうかファンタジー世界って感じがするね。

「ええと、まっすぐに行って突き当たりを左に曲がれば、街へと続く道に繋《つな》がると」

女神リリシアの書き置きにはそう書いてあった。

逆に右に行くと森の奥に続いていて湖とか洞窟とかに行けるらしい。もしもモンスターの素材とか天然素材を売って生計を立てたい場合は、危険が伴うけど右の道に行くといいそうだ。

「ま、ひとまずそれはいいかな。とりあえずは街に行ってみたいし」

街に行って、そこで人々がどういう暮らしをしているのかをまずは知らないとね。生計の立て方を考えるのはそれからだ。

「前世は働き過ぎたし、今世はのんびり生きたいなー」

なんてことを考えながら私は突き当たりを左に曲がった。森の道を歩いて行く。

私の異世界デビュー初日は青々とした晴天だね。気候は心地のいい春みたいな感じ。風は爽やかだ。デビュー初日としては上々じゃないだろうか。

私はうーんと伸びをした。

「ああー、自然の中っていいなぁ」

空気が美味《おい》しいし、ショートブーツで土の上を歩く感触が心地いい。それに木の香りがいい。小鳥の鳴く声が聞こえてくるね。可愛《かわい》い鳴き声だった。

どんどん心が癒やされていく感じがする。

毎日毎日、オフィスでギスギスした人間関係の中にいたときには、こんな癒やし空間はどこにもなかったよ。

休みがあっても私は家でゲームやネットで遊んでいただけだから、かなり暗い人生を歩んでいたと思う。

それが今は自然の中を良《い》い気持ちで歩いているっていうね。人生って変われば変わるものなんだね。

「ま、転生したんだから環境が変わるのは当たり前か」

おや、ぴょんと木の陰から何か生き物が飛び出てきたよ。

うさぎかな。もふもふしようかな。

……と思ったけど、ぜんぜんうさぎじゃなかった。私の前にぴょんと飛び出てきたのは、むにむにっとした青色の単細胞生物だった。けっこう可愛い見た目だと思う。

「うげっ、あなたはまさか」

「スライム～」

「だよね。ていうか、スライムって声を出せるんだ。もしかしたら喋《しゃべ》れたりもする？」

けっこう意外だった。私が遊んだことのあるゲームではスライムは喋らなかったし。

しかし……、スライムか……。ひょっとしてここはけっこうなファンタジー世界なんだろうか。スライムって世界観ごとにバリエーションがいろいろとあったよね。このスライムは私の知っているゲームと同じような感じのスライムだろうか。それともぜんぜん違うのだろうか。

少しばかりスライムとお話をしてみようかなって思う。

「こんにちは。あなたのことを聞かせてくれる？」

「スライム～」

「あなたはどんなスライムなの？　人間に悪いことをするタイプ？」

「スライム～」

「じゃあ、お洋服を溶かすいやらしいスライムかな？　あるいは窒息を狙ってくるような強いスライムだったりとか。あ、それとも雑魚モンスターって呼ばれちゃうような可哀想《かわいそう》なスライムなのかな？」

「スライム～」

「いや、それしか喋れないんかいっ」

喋る言葉が種族名だけって、黄色いネズミが出てくるあの世界的に有名なアニメじゃないんだから。

スライムが口をわ～って開けた。なにあれ。凄《すご》く可愛い。

食べちゃうぞ～っていう意思表示なんだろうか。あるいは身体《からだ》の大きい私を怖がっているだけか。

……よく分からないな。これってもしかして戦わないといけないやつなのだろうか。ゲームだとモンスターに行方をさえぎられてしまったら普通は戦いになる感じだよね。

「ま、ぜんぜん戦う気はないけどね。だって私はスローライフを過ごしたいだけの人だし」

戦いはスローライフ精神に反するからやらないよ。

ということでスライムの横をすーっと通って道を進もうと思う。

スライムは口を開けたままぜんぜん動かない。可愛い瞳だけが私をずっと見ている。

私がちょうどスライムの真横を通ったときだった。

スライムがぴょんと跳ねて私の足首にかぶりついてきた。

「痛――――――――くはなかった。ぷにっとしただけだった」

じゃあいいや。毒とかなさそうだし、このまま歩こう。

あ、街が見えてきた。

街の門をくぐろうかというところで、スライムがぴょんと離れて木々の中に入って行った。

「平和な森だったなー」

争いとかない感じで良かった。

……ん？　……争い？　あれ、そういえば私ってたしか魔法を使えるんじゃなかったっけ。女神リリシアがそんなことを言っていたような。それに書き置きにもそう書いてあったね。

試しに一回使ってみようかな。少しくらいは試しておかないと、いざ何かがあったときに困るだろうからね。

2　魔法の試射

私は街に背を向けて森の方を見た。

えーと、魔法を使うには、たしか心の中で魔法を使いたいって思えばいいはず。そういう記述が女神リリシアの書き置きにあったんだよね。

魔法を使いたいって思い浮かべてみる。

あー、不思議。使える魔法のイメージと名称が自然に心の中に浮かんできたよ。

最初だし適当に魔法を選ぼうっと。

たしか女神リリシアの書き置きにはおすすめの魔法がいくつか書いてあったはず。そこに書かれていた魔法にしようか。

えーと……、これだったっけ。今回は炎魔法の中くらいのにしてみようと思う。中くらいなら危ない魔法とかじゃないと思うし。

　さて、次はどこに魔法を撃つかだけど——。

　私の魔法はスキル〈ホーミング〉のおかげで適当に撃っても何かしらには当たるんだっけ。たしか女神リリシアがそんなことを言っていたような——。

　とりあえず、なんとなくの直感でスキルを発動してみる。

　すると丸い照準が私の視界に表れた。色は見易《みやす》い感じの蛍光色。その傍《そば》には文字が書かれていて、『照準：ビッグオーク　距離：30』みたいに表示されている。なんて分かりやすい表示なんだろうか。さすがは女神様のくれたスキルだね。

　スキルの表示を見るに、今はビッグオークっていうのに照準が合っているみたいだ。来た道のずーっと向こう側にそのビッグオークっていうのがいるらしい。たぶんモンスターの名称かな。まさか距離まで分かるとはね。

　さあて、魔法を試射してみようか。

　……と思ったけど、モンスターといえども生き物だよね。撃ってもいいのだろうか。あんまりゲーム感覚でモンスターを気軽に倒したらダメだよね。きっと。

『あ、そうだ。カノン・ヒメミヤさん。大事なことを言い忘れていました—』

「わ、びっくりした」

　女神リリシアの声がどこかから聞こえてきた。今、心の中で声が聞こえた気がするんだけど。気のせいだろうか。

って、あれ……？

女神リリシアの声以外にも、神々しい声がたくさん聞こえてくるんだけど。まるで飲み会みたいなノリでウェーイって感じで盛り上がっちゃってる。これって幻聴だろうか。

『ちょ、ちょっと皆さん、静かにしてください。私、少々、残業をしますので っ』

残業って私のことだろうか。

もしかして女神リリシア、業務後の飲み会の最中に私に話しかけてきてくれたってこと？　ということは飲み会のノリで盛り上がっちゃってる他の声は他の神様たちということだろうか。

神様たちは大盛り上がりみたいだ。テンションの高い声が私の心の中にたくさん聞こえてくるよ。

そんな状況ではたして私に大事な話ができるのか――。

「あのー……、女神リリシア、今って業務後の飲み会をしているところですか？」

『……うっ。ご、ごほん。その通りですけど、雑音は気にしないでくださいね』

やっぱりそうなんだ。うわー、なんだか親近感が湧くなー。神様の世界でも飲み会ってあるんだね。

私も前世ではあったなー。飲み会はもの凄くめんどうだった。社内でも飲み会があったし、取引先とも飲み会があった。ぜんぜん楽しくない思い出がいっぱいだよ。お金ばっかりかかるし。もうああいうのはこりごりだなー。

「もしかしてですけど、お酒を入れたノリで私に声をかけてきてくれたんですか？」

『ち、違います。お酒はちょっと……飲んでますけど……。まだハイボール五杯だけですから』

おおっ、それはちょっとじゃない気がするよ。女神リリシアはお酒に強い女神様だったんだね。

ていうか、そんなにアルコールを摂取していてよく仕事のことを思い出せたよね。さすがは女神様だ。私ならムリ。そんなに飲んでいたら完全にオフモードだよ。

しかし、飲み会で盛り上がっているときに、わざわざ残業をしてまで私に伝えたいことってなんだろうか。

『ちょっと端っこの方に移動しますね……。よっこいしょっと……。私、実はカノン・ヒメミヤさんに伝え忘れてしまったことがあったんですよ』

あ、盛り上がってる声が少し遠くに聞こえるようになった。たぶん女神リリシアが部屋の隅の方に移動してくれたんだと思う。

『カノン・ヒメミヤさんがこれから暮らしていくこの森についてですが、スローライフに最適……という人がいてもおかしくないような、そんなとっても素敵なところなんですけど』

……なんだか含みのある言い方の気がするぞ。

「……というと？」

『人間を襲うような悪いモンスターがたくさんいる森でもあるのです』

「え――」

『まあぶっちゃけてしまうと、モンスターをどうにかしない限りはとても危険な森であると言えるでしょうね』

「えぇぇ……。それってスローライフにぜんぜん適してないような……」

『というわけで近隣にお住まいの皆さんのためにも、悪いモンスターはカノン・ヒメミヤさんがどんどん駆逐しちゃってくださいね！』

「わ、私が倒すんですかー？」

この女神様はいったい何を言っているんだろうか。私は戦いなんてできないよ。ちょっと前まではどこにでもいる普通の社畜だったんだから。

『はい、カノン・ヒメミヤさんが倒しちゃってくださいね。ちょうどお使いのスキルで照準が合っているビッグオークなんて、人類の敵も敵みたいな極悪非道なモンスターです。森の治安を守るためにも、そしてカノン・ヒメミヤさんのスローライフのためにも、どーんと遠慮なく駆逐しちゃってくださいっ』

「え、ちょ、私、戦う力なんてないですよっ。本当にどこにでもいる普通の女の子ですからっ」

『大丈夫ですよ。戦うための力をあなたは既に持っていますから』

「ど、どこにでしょうか？」

見当もつかないよ……。

『あなたの身体の中にです。もう感じているでしょう？　魔法という素晴らしい力の存在を』

「た、たしかに魔法の力は感じますけど」

なにせついさっき使おうとしていたくらいだからね。

『それが戦う力です。というわけで、さあビッグオークを倒してみましょう。先ほど心に思い浮かべていた炎魔法で問題ありませんよ。それを撃つだけでビッグオークはさくっと簡単に倒せちゃいますから』

「と、とはおっしゃいましても……」

『怖がることは何もありません。さあ！　さあ！』

「でも、ビッグオークにも命があるんじゃ……」

私は平和な日本から来た一般人だし、殺生はポンポンできないよ。

『それについても問題はないんです。ビッグオークは本当にとても悪いモンスターですからね。倒せばむしろ人々から感謝されるくらいですよ。さあ、私を信じなさい……信じなさい……信じなさい……』

「ちょっと怪しい宗教っぽくなってきてません？」

『そんなことはありませんよ。うふふふ、なにせ私は清く美しい善良な女神ですからね。あと、そうだ。嬉《うれ》しいことにですね、この世界では神様からのご褒美的な感じで、モンスターを倒せばドロップ品がポーンと飛び出てくるんですよ。それを売りに行けば生活にも困りませんよ』

「はあ……、それはたしかに嬉しいお話ですけど……」

ドロップ品なんてまるでゲームみたいだなって思った。

『ということで、さあさあ、憧れのスローライフのためにも頑張ってビッグオークをバーンと燃やしちゃいましょうね～。ごくっ、ごくっ、ごくっ、かーっ、うめえええっ！』

「ちょっ、またお酒を飲んでませんかっ」

今のは絶対に喉ごし最高～みたいな声だったよ。

『いえいえ、そんなことはありませんよ。私はシャキッとしていますよ。お姉さーん、ハイボールおかわりー！』

「やっぱり飲んでるじゃないですかーっ！」

『はっ、今、心の通信をオフにしたはずだったんですけど』

「全然できてませんでしたよっ。丸聞こえでしたっ」

ぐびっ、ぐびっ、ぐびっ、と音がする。そして、『ぷはーっ』と声が聞こえた。最高に美味しそうに飲んでるね。

「酔った勢いで変な指示とかしてないですよね……？」

『大丈夫れす！』

「滑舌がかなり怪しいですけど」

『そんなのどうでもいいれすから。はよ！　はよ！　魔法♪　魔法♪』

心の通信音声がますます賑《にぎ》やかになってきた。飲み会中の神様たちがいよいよ盛り上がり始めたようだ。『いえーい、魔法〜♪』『撃っちゃえ撃っちゃえ〜♪』なんて声がたくさん聞こえてくる。

「最高に飲み会のノリですね……」

『私以外の神々もちゃんとカノン・ヒメミヤさんのことを見守っているんですよ。だからどうか安心してく〜らさ〜いね〜』

「不安感しかありませんけど……。分かりました……」

本当にかなり不安だけど女神リリシアがああ言っているし、とりあえず魔法を撃ってみようか。

神様に逆らってもいいことはないと思うからね。

ただ、ビッグオークはかなり遠くにいるし、間には森だってある。いくらスキル〈ホーミング〉があるとはいえ、ここから魔法を撃って本当に当たるんだろうか。魔法が勝手に木々を飛び越えていくのかな。

まあ、何事も経験か。試してみよう。もしも何かあったら女神リリシアがきっとなんとかしてくれるはずだ。

私は脳内に思い浮かべている魔法の名称を口にしてみた。

「【フレアストライク】！」

口にした途端だ。私の頭上の空がカッと真っ赤に染まった。

うっわー、すっごく熱い。これって火力が強すぎるかもしれない。当たったら火傷《やけど》どころじゃすまないと思う。

真っ赤になった空から赤いレーザービームみたいなのが超高速で走っていった。

木々の向こうのどこかに着弾して大きな火柱を立ち上らせる。ミサイルの着弾みたいな迫力があったね。

これが魔法なんだ。思ったよりもずっと凄かった。手からちっちゃい火が出るとかじゃないんだね。これで中くらいの威力なら、大威力にするとどれくらいになるのだろうか。考えるとちょっと怖いな。うかつには撃てそうにないよ。

「ギャー――――――――――――ッ！」

うわあ、遠くからモンスターっぽい悲鳴があがったよ。う……、ちょっと罪悪感があるかも。

『イエ――――――イ！　ナイス、撃破！』

ウェーイと神様たちが盛り上がっている。

「心が痛みますね……」

『いやー、スカッとしますね！　みんなもそうでしょー！』

他の神様たちが『ウェーイ♪』と声を揃《そろ》えて返事をしていた。ああ……、飲み会のノリすぎる。

「これでよかったんでしょうか」

『もちろんです！　世の中には良いモンスターもいますが、ビッグオークはれっきとした悪いモンスターですからね。そういうモンスターは遠慮なく駆逐しちゃってくださいね♪』

「良い悪いの区別がつかないような気が……」

『そこは大丈夫です。悪いモンスターの出没情報は最寄りのギルドでゲットだぜ♪　そして悪いモンスターを駆逐しまくって憧れのスローライフを手に入れちゃいましょう♪　というわけで、お相手は女神リリシアでした。ひゃっほ～！　これで残業終わり～っ。お姉さ～ん、ハイボールもう一杯おかわり～っ！』

「え、あ、ちょ。待っ――」

うわ、勝手に会話を切られた。やっぱりいい加減な女神様だなぁ。

あれ？　ビッグオークのいた方向から何かがぽーんと飛んできたぞ。それが私の足元にすとんと落っこちた。

さっき女神リリシアが言っていたドロップ品かな。

ビッグオークを倒したことで黒い角張った石みたいなのがドロップしたみたいだ。

「これ、なんだろう。まあいいや、誰かに聞いてみよう」

はあ、なんだかどっと疲れた。

一回気分を変えなきゃね。私はほっぺを両手でパンパンと叩《たた》いた。そして深呼吸をする。スーハー、スーハー。うん、すっきりしたかも。

というわけで私は改めて街を向いた。これから私がお世話になるであろう街だね。

いざ、ゆかん。

なんだかドキドキするなぁ。一人で外国の街に来た気分だ。

重たそうな木でできた門を通り抜けていく。

兵士さんのチェックとかはなくて自由に入れる街なんだね。治安はいいところなのかも。

門の上には看板があって、そこには現地語で「ハミングホルンの街へようこそ！」と書かれてあった。

知らない文字なのに不思議と読めたね。これはきっと女神リリシアのおかげだと思う。現地語を読めるようにしてくれたんだね。

ちょっと気持ちが楽になったかも。文字が読めるのなら言葉も通じそうだし。

文字と言葉がどうにかなるのなら、あとの心配はお金くらいだろうか。そのお金についてもどうにかなりそうな目処《めど》はもうついている。

女神リリシアの書き置きに、とりあえず街のギルドに行きなさいと書いてあったからね。私に何か特別な才能でもない限りは、ひとまずはギルドで働くのがスローライフにいいって書いてあったんだ。だからその書き置きの通りにやってみようと思う。

あと、ドロップ品を売れば生活には困らないって女神リリシアがさっき言っていたよね。ちょうどビッグオークのドロップ品があることだし、こういうのはどこで売れるのかをギルドってところで聞いてみようと思う。

私は街の中へと入って行った。

「ふーん、ここはレンガの街なんだね」

街の景観がおしゃれだし、道行く人もおしゃれだ。

仔猫《こねこ》が歌うように鳴いている。子供が笑いながら走って行った。

きっとここは平和でいい街だ。この街に住む人々の人柄もきっといいはず。

私は街を歩いていた一人のお姉さんに適当に声をかけてみた。とても親切な人だった。ギルドの場所を聞いてみたら丁寧に教えてもらえたよ。

わりと広い街みたいでギルドまで一〇分くらい歩いた。ここは街の中央あたりだろうか。

私は今、ギルドの正面に立っている。

「へえー、ここがギルドかー……」

かなり立派なレンガ造りの施設だった。

私、これからここにお世話になるんだね。素敵なところでありますように。

扉が開け放しだったので堂々と真ん中を通って入店する。

こういうところって男の人の汗くさーい場所かなと思っていたけど、普通におしゃれで綺麗《きれい》な場所だった。

カウンターの正面にいる受付さんと目が合う。

とても人当たりのよさそうなお姉さんだった。あの人とお話をしてみよう。

3　ギルド

「ようこそ、ギルドへ。お仕事のご依頼でしょうか？」

ギルドの受付さんは長い髪をリボンでふわっと二つ結びにした人だった。タレ目でちょっとだけ色っぽい。年齢は二〇歳を超えたくらいかな。落ち着いた雰囲気の服装で、頭に巻いているスカーフがおしゃれだった。私もこういうおしゃれをした方がこの街に馴染めるだろうか――。

おっと、いけない。ジロジロと見てしまって視線がちょっと失礼だったかも。受付さんの目を見てみると、かなり温かい感じの営業スマイルをもらえた。

たぶん優しい人だ。安心してお話をしよう。

「あのー、私、よそから旅をしてきたんですけど」

「まあ、旅人さん。ようこそ、ハミングホルンの街へ。この街はあなたを歓迎しますよっ」

嬉しそうにしてくれた。間違いなく良い人だ。

「私はこのギルドの受付のコリンヌと申します。旅人さん、あなたのお名前を伺っても？」

え……。そ、そうか、名前か。

えーと、えーと、転生したんだから名前を変えるべきかもしれない。けど、パッと思いつかないや。身体は新しくなったけど心は前世からそのまま続いているんだから、名前はそのままでもいいのかな。じゃあ、そのままの名前で――。

「私はカノン。カノン・ヒメミヤです」

「わあ、とっても素敵なお名前ですね」

よかった。こっちの世界でも通用する名前みたいだ。

「改めましてカノンさん、ご用件を伺わせて頂きます」

「はい。私、よそから旅をしてきたんですけど、この街のこととか生活の仕方すらもよく分かっていなくて……。それで、ひとまずはお金を稼ごうって思ってこのギルドに来てみたんですけど」

コリンヌさんが嬉しそうにしてくれた。

「つまり、こんなに可愛らしいのにギルドの冒険者志望なんですね。大歓迎ですよ！」

可愛らしい？　へえ、私って可愛らしいんだ。えへへ。

前世では子供の頃くらいにしか言われなかった言葉だ。そっかー。今の私って可愛らしいんだね。これは素直に嬉しい言葉だよ。

「実は――、この街は冒険者の方が少なくて困っていたんです。ですので、滞っているお仕事がいっぱいありますから安心してくださいね」

あ、いや、そんなに働きたくはないんですけどね。前世の終わり方が過労死だったし。この世界ではスローライフをするって決めているし。

「まあ、ほどほどに自分のペースでやっていこうと思います」

「それは大事なことですね。無理は禁物です」

「はい。まさしくそれです」

過労は絶対にダメ。あんなの自己満足でしかないよ。

「では、さっそくギルドに登録しましょう」

「は、はい。よろしくお願いします」

コリンヌさんがちゃちゃっと私の情報を登録してくれた。

さすがに漢字はこの世界にはないから、現地語でカノン・ヒメミヤと登録することにした。スペルが分からないからコリンヌさんに聞こうと思ったけど、文字の形が私の脳内にふわっと思い浮かんでくれた。私、この世界の文字を書くことができそう。きっと女神リリシアのおかげだと思うから、心の中で感謝の祈りを捧《ささ》げておいた。

「ギルドへのご登録ありがとうございます。では最後に、カノンさんのステータスを確認してみましょう」

ステータスを確認する？　私の能力とか習得しているスキルなんかが分かるってこと？

コリンヌさんが後ろの棚から一冊の本を取り出した。

「これは魔法書です。ここに手を置くだけで、カノンさんのレベルや各種ステータスを確認できるんですよ」

なるほど。この世界には便利なものがあるんだね。

私は手をそっと魔法書の上に置いてみた。すると、ぼんやりと魔法書が光っただろうか。私、ちょっとわくわくしてきたかも。

コリンヌさんが魔法書のページをめくる。私よりもわくわくしているみたいだ。

「カノンさんのステータスは——え？」

「どうかしたんですか？」

「魔法力三八九！」

「それってどうなんです？」

コリンヌさんは目を丸くしている。聞かなくても凄いんだってことは伝わってきた。

「凄いなんてものじゃないです！　熟練の魔法使いでもこの魔法力にはなかなかならないですよ。しかも、カノンさんはまだレベルが五ですよ。こんなにレベルが低いのにこの魔法力を持っているのは生まれついての大天才ってことですよ。魔法力以外は普通の女の子なのにびっくりです」

「へ、へえ～、私って凄かったんですね」

改めて考えてみるとそうかもしれない。さっきビッグオークを倒したときの魔法は凄かったし。どう見てもあれは初心者が撃てるような魔法じゃなかった。ＲＰＧでいえば終盤で見るような威力だったよ。

コリンヌさんは興奮気味だ。

目をきらきらさせてページをめくっていく。

ぎょっとしていた。

「ページをめくってもめくっても使える魔法の一覧が終わらないです。これ、どういうことですか？」

「それってどうなんです？」

「凄いなんてものじゃないですよ。魔法学園を卒業した魔法少女でも一ページ埋まるかどうかですから。どこでこんなにたくさんの魔法を覚えたんです？」

「えと、気がついたら覚えていたみたいな感じで……」

女神リリシアに教えてもらいましたとはとても言えない。言っても信じてもらえないだろうし。

「つまり、大天才ですね！」

コリンヌさんは興奮冷めやらぬきらきらな瞳でページをめくっていった。

「スキル〈ホーミング〉！　こんなスキル初めて見ましたよ。どこで手に入れたんです？」

「気がついたら習得していた感じで……」

「つまり、大天才魔法少女ですね！」

さらにページをめくる。

「スキル〈重労働耐性〉〈ストレス耐性〉〈奴隷根性〉！　こ、こんなスキルをいったいどこで手に入れたん……です……か……？」

一転してコリンヌさんが同情の顔色に変わった。

「えと、昔ちょっと、馬車馬のように働かされたことがあって……」

会社とか、会社とか、会社とか……。

「つ、つまり、大きなお屋敷《やしき》でろくでもないお金持ちに奴隷のような扱いを受けたりとか……、い、いえそれともまさか、カノンさんは悪い魔女の手にかかって人体改造を施されたとかですか！

それなら魔法のステータスが凄いことにも納得がいきます！」

「大丈夫です大丈夫です。そういうのじゃないですから」

「辛《つら》い人生があったでしょうに、こんなにも健気《けなげ》に明るくふるまって……。いいんですよ。私の前では素直になってくださいね。私はカノンさんの味方ですからね」

コリンヌさんがカウンターから出てきて身体を寄せてきた。何かと思ったら私の顔がコリンヌさんの巨乳に優しくうずめられた。

わあ、いい香り。あと柔らかーい。

これは極楽なんてものじゃないなあ。このままゆっくりと眠りたい。温かいなあ。

「って、違いますよ。本当に私に暗い過去はないんです」

過労死した過去はあるけどね。

「甘えてくれてよかったんですけど……」

「大丈夫ですって。あとここに来る途中にこれをゲットしたんですけど、これって売ったりとかできるものですか？」

私はビッグオークのドロップ品をテーブルの上に置いた。黒い石の塊みたいなのだ。

コリンヌさんがぎょっとしていた。

「ビ、ビッグオークの黒石じゃないですか！　これ、とってもレアなドロップ品ですよっ」

なんかビッグオークのドロップ品の中でも特に珍しい物が出たらしい。かなりの高級品だったらしくて、三ヵ月はだらだらと過ごせるくらいのお金になるみたい。

「あ、なるほどそれで――」

コリンヌさんが何やら納得顔になった。

「カノンさんがビッグオークを討伐してくださったから、ついさっきビッグオークの討伐クエストが討伐完了に変わったんですね。ちょっと不思議に思っていたんですよ。倒してくださって本当にありがとうございました！」

そのビッグオークはここのところ特に街の人々を困らせていた暴れん坊だったらしい。だからちょうどギルドで討伐依頼のクエストが出ていたんだって。図らずも街の人々の助けになれて良かったなって思った。

ちなみに、ギルドが管理しているクエストって魔法の力で自動的に達成状況が変わっていくんだそうだ。便利だなって思った。

あ、そうだ。さっき女神リリシアが悪いモンスターの出没情報をギルドで聞きなさいって言っていたっけ。

「コリンヌさん、ちょっとお聞きしたいのですが」

「はい、なんでしょうか。なんでも質問してくれて大丈夫ですよ」

「では、森に潜んでいる悪いモンスターについてですけど、ビッグオークの他にも色々と情報を教えてもらってもいいでしょうか？　私、悪いモンスター事情に明るくなくて……」

「かまわないですけど。……あのー、もしかしてカノンさんは外の森にいる悪いモンスターをぜんぶ討伐してくれる感じでしょうか？　この街の平穏のために骨身を惜しまない感じで――」

「え？　ぜ、ぜんぶはさすがにちょっと……」

　私は基本的にはスローライフをしたいだけだから。必要以上には頑張らないつもりだ。

「ぜひ、できる限りの討伐をお願いしますっ。あの森は悪いモンスターが多すぎて治安が悪いんですよ。それでみんな眠れぬ夜を過ごしていまして」

「ううう……。で、できる限りの努力はしてみます……」

「ありがとうございますっ。では、今からすぐに森の悪いモンスターをリスト化しますね！　この街はずっと悪いモンスターに困っていたので本当に助かります。平気で街に入ってきて人を襲ってきたりしますし、街道を歩いているときにも複数でいきなり囲んできたりと被害があまりにも多発していまして……」

　そ、それは怖いね。

　兵士さんだけだと対応しきれなかったりするんだって。だから悪いモンスターをこらしめてくれるような強い冒険者が待望されていたんだそうだ。

「悪いモンスターはほとんどが討伐クエストの対象になっていますから、倒したらちゃんとお金になりますので」

「それはありがたいです」

そこそこ倒すだけでも生活していくのにじゅうぶんなお金になるんだって。

「こちらが悪いモンスターのリストです。人や家畜を襲ったことのあるモンスターばかりですので、見かけたら問答無用で倒しちゃってくださいね」

紙の束をもらった。二つ穴を開けてリングを通してある。丁寧に本みたいにしてくれたようだ。ちょっと見てみたら、モンスター名と特徴がたくさん書いてあってイラストまでついていた。黒一色のイラストだったけどとても上手《うま》くて感心してしまったよ。

私はこのリストにあるモンスターを倒していけばいいんだね。ちょっと怖いけど、女神リリシアにもらった魔法とスキルがあればなんとかなるかな。憧れのスローライフを手に入れるためにも頑張らないとね。

「じゃあ、頑張りますね」

「はい、ムリのない範囲でお願いしますね。あと、カノンさんが討伐されたビッグオークの報酬をお出ししますね。少々お待ちください――」

少しだけ待つと「こちらになります」と報酬を出してくれた。この世界のお金は綺麗なコインなんだね。センスが良い感じだった。

私は「ありがとうございます」と言って受け取った。

「カノンさん、そちらのビッグオークの黒石はお売りになりますか？」

「はい、お願いします」

これもすぐにお金を用意してくれた。私、あっという間にお金に余裕ができたようだ。ビッグオークの討伐報酬とドロップ品の売却額で、四ヵ月はだらだら過ごせるお金が貯《た》まったらしい。これだけあれば当面の生活には困らなそうだ。

あとの問題はこれから憧れのスローライフができるかかな。たとえば一週間に一回くらい悪いモンスターを倒せばいいんだろうか。それ以外の時間はぜんぶスローライフに使えるとか——。

とりあえずそれくらいの感じでやってみようかな。ダメだったら都度方針を変更すればいいし。

今回の人生はあんまり仕事をやりすぎないようにしないとね。もう過労死はしたくないし。

私はドアに向かい、ギルドを出た。おお……、今やっと自由を得た感じがした。ゲームで言えばチュートリアルを終えたところかな。

ギルドのドアからハミングホルンの街の景色を見渡す。明るくてのんびりで、とても良い街じゃないだろうか。私、これからこの街で生きていくんだね——。

絶対に憧れのスローライフを手に入れるぞー。

私はそう強く決意して、街の中を歩いて行った。

4　異世界での初めての夜

この世界で最初に食べる記念すべき夕ご飯だけど、少し迷った末に私はシチューを選んだ。お店は完全に直感で選んだんだけど大当たりだったたと思う。

「あー。シチュー、すっごく美味しかったなあ」

まろやかでコクがあって本当に美味しかった。パンもふんわりで大満足。

ご飯が美味しいのはいいことだ。スローライフには美味しいご飯が欠かせないからね。

夕陽《ゆうひ》が沈みそうな森を歩いて行く。私、美味しい物を食べたからちょっとテンションが高くなってるよ。大満足な気分で森の中にある自分の家へと帰ってきた。

帰ってきたタイミングでちょうど夜になったかな。

誰もいない家のドアを開ける。夜だし家の中は暗いけど寂しい感じはしなかった。ただ——。

「本当にまっ暗すぎる……」

日本だと街灯とかあったし、ご近所の明かりもあった。でもここには本当に何もないんだよね。だから暗すぎていっさい何も見えない。

「たしかこの辺に……」

手探りでランプを探す。あったあった。

私の手がランプに触れたことで火が灯《とも》った。いっきに明るくなる。これは私の手から勝手に魔力を吸い取って火に変えているんだそうだ。女神リリシアの書き置きにそういう説明があったんだよね。ある程度の時間ランプに触れることで、しばらく火が灯り続けるらしいから一〇秒くらいやっておいた。

リビングに入る。こっちのランプも点《つ》けた。

「蛍光灯に近いくらい明るいランプだね」

この明るさはとても助かる。

街で買ってきた生活用品をソファの上にどっさりのっけた。大量に買ったし、けっこう重たかったな。

「これからこの家で新しい生活が始まるんだね。憧れのスローライフ、できるかなぁ」

不思議なものだね。ほんの少し前までは毎日泣きながら残業をしていたのに。

あの会社、退勤を押してから残業させるタイプだったから残業代は一円も出なかった。それが悲しくて泣きすぎて、気がついたら私の涙はかれていたっけ。悲しい毎日だったなあ。

「ま、もうどうでもいいか。あんな会社はそのうち潰れるでしょ。お風呂に入ろうっと」

お風呂の沸かし方とか水の入れ方は女神リリシアの書き置きにあった。なんとこの家には水道があるしシャワーまで付いているんだって。魔法がある世界って私の想像よりもずっと凄かった。

シャワーを浴びてすっきりとして、ゆっくりとお風呂に入って、身体をぽかぽかにした。

そして、幸せな気分で寝室へ。

綺麗なベッドにうつ伏せになる。

「ああ……、良いベッドだこれ……」

女神リリシアはシーツを干してくれていたんだろうか。お日様の香りがする。

すぐに眠たくなってきた。

今日は色々と目まぐるしくて疲れたな。

身体は新しいけど、心は前世から続いているからもうヘトヘトだよ。

今夜はぐっすり眠ろうって思う。前世では不眠な日が多かったけど、今夜はちゃんと眠れそうだ。それが何よりも幸せ……。

……。

……。……。

……。……。……。

「アオ────────────────────ン」

……。……。

……。……。

「クエ────ッ、クエ────────ッ、クエ────────────────ッ！」

「ピーヒョロロロロロロロロ」

「ウフフフフフフフ。ウフフフフフフフフフフ」

「ギャオオオオオオオオオオオオオオオオオオオオン」

「ドガ──────────────────────────ン」

「リンリンリンリンリンリン」

「ハニャ──────────────ン」

「グルルルルルルルルルル！」

「イヤッホオオオオオオオオオオオオオオオオオオオオイ！」

私は起きた。起きざるを得なかった。

「うるさいな！　この森の夜は！」

いったいどれだけの生物が元気に活動しているのか。こんなの騒音公害だ。絶対に眠れやしない。

「私の幸せな安眠を妨害するなんて許すまじ！」

私は怒りマックスの状態で目をつり上げて外に出た。

「夜にうるさい子にはお仕置きです！」

魔法を思い浮かべる。ええと、雷の中級魔法でいいや。森のうるさいモンスターたちに適当に狙いをつけて、怒り任せに一網打尽に……いや、待て、待つんだ私。

この森には人間に友好的なモンスターもいるんだった。怒りでついつい忘れるところだったよ。友好的なモンスターまで攻撃するのは私らしくない。

私は一度家に戻った。そして、コリンヌさんに作ってもらった悪いモンスターのリストを確認する。これを見ながら人間に害をなすような悪いモンスターだけを攻撃しよう。幸い、私のスキル〈ホーミング〉は照準の対象になるモンスター名が表示される。だから誤爆の心配はない。

再び外に出て、私はスキル〈ホーミング〉を使った。

「バクオンカラスに照準が合ったね。間違いなくリストに載ってる悪いモンスターだ」

名前からしてうるさそう。私のスローライフの邪魔になること間違いなしだね。ふっふっふ、さあ、覚悟してもらおうか。今度こそ雷の中級魔法を使ってみるよ。

きっと雷なら、人間に友好的なモンスターが巻き込まれたりはしないはず。安心して撃てるね。

ということで――。

「【ブレイクサンダー】！」

わりと近場に雷が落ちたね。

「ギャ――――――――――――――――――――――ッ！」

バクオンカラスを倒せたみたいだ。暗くてよく見えないけど、私の足下にドロップ品が飛んできたっぽい。

「次は、ええと、ヤカマシフロッグだね。【ブレイクサンダー】！」

「ケロォォォ――――――――――――――ッ！」

なんだか森に緊張感が漂ってきた気がする。私に対する警戒感の表れだろうか。もうちょっと怖がってもらえれば森が静かになりそうかも。

というわけで、どんどんいくよー。

「【ブレイクサンダー】！」

「ギャ――――――――――――――――――ッ！」

「【ブレイクサンダー】！【ブレイクサンダー】！【ブレイクサンダー】！【ブレイクサンダー】！【ブレイクサンダー】！【ブレイクサンダー】！」

「アギャ――――――――――――――――ッ！」

「ピギャ―――――――――――――――――――――――――ッ！」

「ウボア――――――――――――――――――――――ッ！」

以下、私の魔法の音とモンスターの悲鳴がずっと森の中に響き続けた。

一〇分ほどして……。

「ふう、やっと静かになったね。まったくもう。夜は静かに。これは当たり前のマナーだよ」

私の足元にはドロップ品が大量に転がっている。でも、暗くてよく見えないから回収は明日でいいや。

「ふあーあ、ちょうどいい運動になったかな。すっごく眠たくなってきた。今度こそ幸せな睡眠がとれそうだ」

この後、私の睡眠中にモンスターは一つも鳴かなかった。森の悪い住人たちがマナーを守る気になってくれて嬉しいよ。

おかげで私は数年ぶりの熟睡を堪能《たんのう》できたのだった。


こうして、転生した私の異世界生活が始まった。

思い描いていたスローライフとはちょっと違いそうだけれど、上手くやっていけそうな手応えを私はしっかりと感じていた――。

第2章　魔法学園の女の子

1　来訪者

——月日が流れてあっという間に二〇年が経過した。

私の見た目は何も変わってないよ。一〇代半ばの美少女のままだ。

どうも私って長命種族って呼ばれている種族っぽくて、これ以上は成長も老化もしないみたい。

そんな長命種族である私が過ごしてきた、このあっという間だった二〇年間のことについてだけどね——。

なんと私ね、今日までずーっと自由気ままなスローライフを過ごすことができたんだ。

いやー、憧れのスローライフはとても良《い》いものだったよ。幸せをたくさん感じながら過ごせたんだ。

私がそんな幸せなスローライフを送れたのは、森の治安がかなり改善されたのが大きいと思う。

悪いモンスター退治を私はコツコツと地道にやってきたんだよね。過労にならない程度に適度なペースでね。

そのかいあって今ではギルドの討伐クエスト数が二〇年前に比べて激減したんだよね。つまり、私はもう頑張らなくてもよくなったんだ。

カノンさんのおかげで治安がずいぶん良くなったよ、って街じゅうの人から感謝してもらえるようになったんだよね。今では私、街ではちょっとした有名人だよ。

ただ、夜の森だけはどうしてもあんまり静かにならないんだよね。いったいどこから現れるのか、夜だけは悪いモンスターがぜんぜん減る様子がないんだ。そこだけは困ったものだと思う。

まあでも、そこを差し引いてもじゅうぶんにスローライフができているんだから、私は最高に幸せな人生を送れていると思ってるよ。女神リリシアに転生させてもらってすごく感謝してるんだ。

私はギルドへと入って行った。

なじみのカウンターを見る。そこには受付のコリンヌさんがいて私を笑顔で迎えてくれた。

あ、ちなみにコリンヌさんは長命種族ではないけれど、私と同じく見た目はまったく変わってないよ。二〇年間、何も変わらずにずっと綺麗《きれい》な女性のままだ。

「こんにちは、コリンヌさん」

「あら、カノンさん。こんにちは。ようこそ、ギルドへ」

コリンヌさんの後ろからぴょこっと娘さんのコリンちゃんが現れた。そう、この二〇年の間にコリンヌさんは結婚して子供を授かっているんだよね。ずっとスローライフだけをしていた私とはぜんぜん違う人生を歩んできてるんだ。

「コリンちゃんもこんにちは」

「こ、こんにちは。ようこそ、ギルドへ」

両手を揃《そろ》えてぺこりとお辞儀をしてくれた。ちょっと前までコリンちゃんって赤ちゃんだったのにな。気がついたらしっかりと挨拶ができる年齢に成長してるんだよね。時の流れって早いなって本当に思うよ。

　ちなみにコリンちゃんはボブカットの髪型がよく似合っている可愛《かわい》らしい女の子だ。お母さんに似てスタイルはよさそうな感じかな。おとなしくて真面目なタイプだけど、きっとけっこうモテるんじゃないかなって思う。

「コリンちゃん、今日はお母さんと一緒にお仕事をしてるの？」

　コリンちゃんがコリンヌさんを見上げた。

　コリンヌさんが姿勢を正して真面目な表情に変わっていく。何か私に伝えたいことがあるようだ。

「カノンさん」

「どうかしたんですか？　改まった感じですけど――」

「実は私、受付業の一線から退くことにしたんです」

　え……？

　コリンヌさんが衝撃的なことを言い始めた。いったいどうしたんだろうか。

「このギルドの花、というか看板娘なのにやめちゃうんですか？」

「もう看板娘って年でもありませんから」

　見た目はぜんぜん変わってないのにな。でも、決意は固いらしい。

「これからは娘のコリンが受付を担当します。カノンさん、娘をどうぞよろしくお願いしますね」

　たしかコリンちゃんってまだ一二歳だったよね。その年でもう働いちゃうの。

　コリンちゃんが手を揃えて照れながら挨拶をしてくれた。

「聖女様。新しく受付になりましたコリンです。頑張りますので、これからどうぞよろしくお願い致しますっ」

ちなみに聖女は私の呼び名だ。気がついたら街の人たちにそう呼ばれるようになっていたんだよね。

「コリンちゃん、こちらこそよろしくね」

可愛らしい笑顔をくれた。

世代交代……か。

私がのんびり過ごしている間に世の中ってどんどん変わっていくんだなぁ。世代交代なんていう大ごとを目の当たりにすると、さすがに思うところがないではないよ。

私も結婚して子供を出産とか……。いやいや、そんなのありえない。せっかく憧れのスローライフを手に入れたのに、自分から忙しい毎日にするなんて冗談じゃないよ。

可愛い娘が欲しいとか思わないこともないけど、旦那と子供の面倒を見るなんて絶対にしんどいしなー。手のあんまりかからない可愛い娘なら欲しいけどね。って、私は何を考えているんだろうか。

「それで聖女様、今日はギルドにどのようなご用件でしょうか？」

「私、いつもこのギルドにモンスターのドロップ品を売りにくるんだけど――。今日も同じだよ。買い取ってくれる？」

コリンちゃんにお願いするのは慣れないな。ついコリンヌさんを見てしまったよ。

私は大きな袋を受付のテーブルに置いた。それから袋を逆さまにしてモンスターのドロップ品を全部テーブルに出す。

これ、毎夜こりずに森で騒いでるモンスターたちを、魔法でこてんぱんに倒してゲットしたものだ。ちゃんと人に害をなす悪いモンスターしか倒してないよ。それが私のモットーだからね。

このドロップ品を売ればかなりのお金になる。おかげで生活にはまったく困ってないんだよね。

というかむしろお金が余ってしょうがないから、私は病院とか公共事業とか孤児院とかに寄付していたりする。おかげで今までよりも暮らしやすい街になったよって評判が良いんだよね。

コリンちゃんがドロップ品の多さに目を丸くしている。

「わあ、凄《すご》い量ですね。鑑定には少々時間がかかりますので、すみませんがお待ちいただけますか」

「うん、お買い物をしてくるからその間にお願いね」

「はーい」

その間に私は生活必需品とか、ぐだぐだしているときに読む本とかを購入しに行く。

三日に一回くらいこうして街に来て必要な物を買い揃えては、スローライフに戻っていく。

こんな感じで二〇年間、同じことを繰り返し続けてきただけの人生だ。それがとても幸せ。私は他に何もいらないかな。

いつの間にか森の聖女なんて呼ばれていたのだけは予想外だったけど、それ以外はわりと思い描いていたスローライフができているんじゃないかな。


しかし、そんな私の幸せなスローライフに、ついにおじゃま虫が現れてしまった。

△

コンコンコン――。

本を読みながらスローライフを満喫していたら家のドアをノックする音が聞こえてきた。わが家に来訪者が現れたようだ。これは珍しいことだね。

たまーに、コリンヌさんとかが遊びに来ることはあるんだよね。きっと今回もそうだろうと思ってドアを気軽に開けた。

「はいはーい、どちら様ですかー」

ドアを開けてみると外には知らない女の子が立っていた。まさか知らない人が訪ねてくるとは。ちょっとびっくりしてしまった。

この女の子、むすっとした感じの表情をしている。気に入らないことでもあるんだろうか。そうだとしても、初対面でする表情じゃないと思うけど……。

白いとんがり帽子に白い魔法少女服――。これ、どこかの魔法学園の制服だったはず。

この子は一四歳くらいかなあ。金髪碧眼《へきがん》の凄い美少女だ。耳が長くてとんがっているからエルフ族だと思う。

「初めまして。私、魔法学園ワンダーランドの生徒で魔法少女のアイシャ・ウィグ・リーナよ」

「はあ、初めまして。私はカノン・ヒメミヤだけど……」

アイシャと名乗る少女が勝ち気な瞳を輝かせた。この子、自分に凄く自信がありそうだ。貴族の

家の子とかだろうか。

魔法学園ワンダーランドといえば、この国でトップの魔法の名門校だ。そこの生徒になれるだけでも凄いことだから、きっとこの子は優秀なんだろう。

アイシャちゃんの隣にはコリンちゃんがいた。

「あれ？　アイシャちゃんはコリンちゃんのお友達？」

「いえ、お友達というわけではないです。アイシャさんが聖女様のおうちを探していたので、ご案内してきた感じで」

「あら。それはどうもご苦労さま。で、アイシャちゃんは私にどういったご用かな？」

「弟子入りに来たわ」

「え？　弟子入り？　別に募集してないけど……」

弟子なんてとったら慌ただしくなってスローライフが終わっちゃう。

ていうかそもそも、私は人に教えられるものが何もないんだけど……。

「そっちが募集してなくても、こっちは弟子入りしなきゃいけないのよ。分かる？　ほら、これ」

アイシャちゃんが何やら高級そうな紙を私に見せてきた。

読んでみると、魔法学園ワンダーランドからの依頼書だった。

「ちょ、なにこれ。ひどい内容なんだけど」

魔法学園の生徒って必ずプロの魔法使いに弟子入りしなければいけないらしい。それでその先生役に私が選ばれたんだそうだ。なんてことだ。

ちなみに選ばれた理由だけど、私には数々のモンスター討伐の実績があるし、地域貢献度も凄い高名な魔女だからっていうことらしい。

なお、この依頼書は国の承認を得て発行されているため私には断る権利はないとのことだ。

「というわけで、私の弟子入りを受けてもらうわ」

「きょ、拒否権を行使するわっ」

「ダメって書いてあるでしょ？」

「う、たしかに……」

私のスローライフが、スローライフがー、スローライフが――――。

「コリンちゃん、どうにかならないの？」

「ごめんなさい、どうにもならないです……」

「諦めて私を弟子にしなさいよね」

「えー……」

ぜんぜん気が乗らないなあ。

なんとかアイシャちゃんに弟子入りを諦めさせる方法はないだろうか。私はのんびりスローライフを続けたい。これから先、何年、何十年、何百年でもね。長命種族の長い人生を使って、ずっとずーっとスローライフを謳歌《おうか》したいんだ。

ちなみに弟子をとると魔法学園から報酬は出るみたいだけど、私ってお金には困ってないんだよね。だから本当に弟子をとる理由がない。

「いちおう聞くけどね、アイシャちゃんって私なんかが先生でいいの？」

「ぜんぜんよくないわ」

完全否定されるとさすがに心が傷つく……。

「アイシャちゃんは魔法学園の先生に言われて仕方なく私のところに来たってこと？」

「そういうことね。だから本当にイヤイヤよ」

ますますやる気が出ない話だ。

「そもそも私は魔法の大天才だから教えてもらうことなんて何もないのよ。本当はもう魔法学園を卒業したかったんだけど、先生たちが上には上がいるって言うのよね。だから本当に仕方なく森の聖女様のところに来てみたわけ。聖女様はこの私よりも絶対に上だからって先生たちが口を揃えて言うものだからね」

「私が？　いやー、それはないいんじゃないかな。私ってちゃんと魔法の勉強をしたことがないし」

いえいえ、とコリンちゃんが否定する。

「聖女様は本当に凄いですよ。この国に並び立つ人のいない天才魔女様です」

コリンちゃんに褒めてもらえちゃった。

でもこの国に並び立つ人がいないだなんて、それはさすがに持ち上げ過ぎじゃないかな。コリンちゃんの妄想が凄く入っていると思う。

アイシャちゃんが偉そうに私に人差し指を向けてくる。いったい何を言うのやら。

「というわけで聖女様、私と勝負よ！」

「え、どういうわけで？」

「私と魔法で勝負をするのよ。聖女様がもしも私よりも上だったら私が弟子になってあげるわ」

うわー、凄く上から目線だ。

「でも、聖女様が私よりも弱かったら私は魔法学園に帰るわ。だって、私が聖女様から教えてもらうことは何もないからね」

「なるほどね。分かった。じゃあ、とりあえず勝負をしてみようか」

よし、さくっと私が負けよう。

勝負して私が負けるのが一番だ。だって、アイシャちゃんが勝てば魔法学園に帰ってくれるんだからね。そして私はスローライフを続けるぞっと。

負けるのは別に構わない。勝つために人生をしているわけじゃないからね。私はスローライフが守られるのならなんだっていいんだ。

「アイシャちゃん、勝負の内容はどうするの？　まさか二人で戦うわけじゃないよね。怪我《けが》をするようなのはダメだよ」

「そうね。私が聖女様をこてんぱんにして重傷を負わせてしまうものね。だから安全を考えて、空に向かってお互いに一番強い魔法を撃ってみるっていうのはどう？」

「それでいいよ。どっちが強いかはっきり分かりそうだし。もしも同じくらいだったら私の負けでいいよ。その場合、アイシャちゃんが私から教わることは何もないと思うし。じゃあ、さっそく勝負をしてみようか」

私は家の外に出た。

今日はいい晴天だね。ここは森の中だけど家の周りは開けているから空は見やすい。

「さあ、聖女様。いったいどんな魔法を見せてくれるのかしら。少なくとも魔法学園の先生よりは強い魔法を見せてほしいわね」

「聖女様っ、頑張ってくださいーっ」

可愛い女の子二人に注目されるっていいものだね。でも、ごめんね。私はこの勝負に勝つつもりは一つもないんだ。だって、勝ってしまったら私のスローライフが終わってしまうからね。

というわけで、それっぽい魔法を適当に撃ってアイシャちゃんに負けようと思います。

えーと、それなりに格好のつく中級くらいの威力の魔法は……と。

あれ？　とコリンちゃんが何やら見つけたみたいな声を出した。コリンちゃんが空に向かって指を差す。

「聖女様、空を飛んでいるあのドラゴンですけど」

私もアイシャちゃんも空を見上げた。私が魔法を撃とうと思っていた辺りよりもだいぶ右の方だ。赤くて怖い感じのドラゴンがのーんびり飛んでるね。

「あれってどう見てもアサルトドラゴンですよね？」

スキル〈ホーミング〉を発動してみる。あのドラゴンに照準を合わせてみることで名称が分かった。

「えーと……。うん、コリンちゃんの言う通りだね。あれはアサルトドラゴンだ」

「やっぱりそうですよね。聖女様、退治して頂けないでしょうか」

「え？　ドラゴンって気軽に倒していいんだっけ？」

ドラゴンってたしか悪いモンスターもいれば聖なる生き物もいたりとかで、種類によって扱いが色々だった記憶だけど。

「アサルトドラゴンは倒して大丈夫です。中央のギルドが討伐依頼を出しているとても悪いモンスターですから」

「へえ〜。強いの？」

「はい、最強クラスですね。そのうえびっくりするくらいに凶暴です。ですのでいろんな街で被害が多発していまして……。というか、まずくないですか。ハミングホルンの街に向かって下りてきているように見えるんですけど」

「たしかに下降してるね」

アイシャちゃんが心配そうにする。

「あれはどう見ても街を狙ってるわね。私が倒そうか？　大天才の私ならあんなの一発で倒すけど」

「大丈夫だよ、アイシャちゃん。こう見えて私は森の聖女。この森の治安を守るのは私の役目だからね」

ということで魔力を思いっきり高めて攻撃しよう。

ぶわっと私の身体《からだ》から風が発生して、コリンちゃんとアイシャちゃんの髪やスカートを揺らした。

「「ヒエッ！　なんて迫力！」」

「いっくよー！　【ハイパーエクスプロージョン】！」

キーンと耳鳴りがした。そしてまったくの無音になった。次の瞬間だ。アサルトドラゴンの身体を中心に巨大な大爆発が起こった。

ドッゴ――――ンとお腹《なか》に重く響く大きな音をあげて、とんでもない大爆風を発生させた。

アサルトドラゴンのいる上空まではかなりの距離があるのに、爆風が強すぎて私たちは数歩も後ずさってしまった。

「ピギャ――――――――――――ッ！」

アサルトドラゴンが大きな断末魔の叫びをあげた。真っ黒い爆炎の中からポーンとドロップ品が飛んでくる。

私の足下に落っこちたのはアサルトドラゴンの真っ赤なツノかな。売ったらかなりのお金になりそうだ。

私はツノを拾い上げてコリンちゃんに近づいた。

「コリンちゃん、これ、売ってもいいかな」

「は、はい。これほどの高級品になると、中央の街にあるギルドで査定してもらう必要がありますので、どうしても時間がかかってしまいますけど――」

「大丈夫だよ。よろしくね。さあ、アイシャちゃん。邪魔者は倒したし、改めて勝負といこうか」

アイシャちゃんが茫然自失《ぼうぜんじしつ》って感じで私を見つめている。なんでこんな表情になっているんだろうか。アサルトドラゴンが怖かった？　それとも私の魔法の爆発が――。

ああああっ！　そうじゃん！　爆発が怖かったんじゃん。

私、バカだああああ。うっかり強い爆発魔法を撃っちゃったじゃーん。

アイシャちゃんとの勝負では弱い魔法にするつもりだったのに。ついついいつものモンスター退治のノリで強い魔法を撃っちゃったじゃない。

「し、しまった。アイシャちゃん、今の魔法はなし。今の魔法はなしだからねっ」

「ま、まいりました……」

「なんで敗北宣言をしてるのっ」

「だって完全に私の負けだからよ……」

「勝負はまだまだこれからよっ。さあさあ、次が本番だよ。私の魔法を見て」

「もう必要ないわよ。ちょっと見てて。【アルティメットブレイズ】！」

アイシャちゃんが何やら空に向かって魔法を撃ち放った。あれは最高峰の炎魔法だね。凄いじゃない。じゅうぶん過ぎるくらいに強いと思うんだけど……、いや、そうでもない……かも。

上空で超高温の炎が轟《とどろ》いていてかっこいいんだけど、なんていうか迫力があんまりないなって感じた。さっき私が撃った【ハイパーエクスプロージョン】の威力にはぜんぜん及んでないと思う。

「聖女様、これで分かったでしょ。今のが私の最高の魔法よ。どう見てもよわよわなの。聖女様との魔法勝負は誰がどう見ても完全に私の負け」

「そ、それはどうだろうか」

「どうもこうもないわよ。どう考えても私は聖女様には勝てないってはっきりしたでしょ」

「いや、待って。落ち着こう。ね？」

「待たないわ。私、魔法で完膚なきまでに負けたのは生まれて初めての経験なの。悔しいけど、でもけっこうすっきりした気持ちかも。さっきまで自惚《うぬぼ》れていて本当にごめんなさい」

「で、でもね、アイシャちゃんの方が私よりも若いんだし。年齢も考えたりするとさ――」

アイシャちゃんがすっきりとした表情で笑顔を見せてくれた。とても可愛い笑顔だった。

「ということで聖女様、私はこれからあなたの弟子になるからね」

「えええええええええええええええええええええええええええええっ」

私のイヤそうな絶叫が、森の向こうの山に響き渡ってこだまして返ってきた。なんだか凄く恥ずかしかった。

「本当に弟子になるからね。もう決定だから」

「きょ、拒否権は……？」

「あるわけないでしょ。国の承認をもらった弟子依頼よ。逆らえば聖女様は反逆者になるわ」

「そんなっ。ひどいっ」

「まあ、国と聖女様が戦ったら聖女様が勝つ気がするけど……」

「勝てるわけないじゃん！」

「いや、余裕で勝てるわよっ！」

アイシャちゃんが確信を持った眼差《まなざ》しを私に向けてきた。おかしいよ。私はスローライフを悠々自適に楽しむだけの美少女なのに。そんなチート系エンタメ作品の主人公みたいに超パワーで無双して国に勝てるわけがないじゃん。

はあーと深くため息をついたアイシャちゃん。

息を吐いて呼吸を整えることで、肩から余計な力が抜けたみたいだ。すっきりした表情で私を見つめてくる。

「これからはカノン先生って呼ばせてもらうわ。ふつつかものだけど、よろしくね」

アイシャちゃんが両手を揃えて丁寧に可愛らしくお辞儀をしてくれた。

「わ、私のスローライフは……？」

「これからは私とクイックライフを過ごして」

「え？　凄くイヤな予感がするんだけど。まさか、まさか……、アイシャちゃんってどこの宿に泊ま──」

「それはもちろん、カノン先生のおうちで過ごさせてもらうわ。だって弟子だもの」

「えええええええええええええええええええええええええっ」

また私の絶叫がこだました。

なんだか凄く恥ずかしい。

「というわけでギルドに預けていた私の荷物を持ってくるわね」

「ねえ、アイシャちゃん、考え直す気は……」

「ないわ。私、わくわくしてるもの。カノン先生の全てを教えてもらうからねっ」

「とほほ……」

こうして、私のスローライフに美少女が一人加わることになってしまった。スローライフ、完全に終わってしまうかもしれない。ああ、のんびりスローライフをしていたい人生だったなあ……。

2　初めての共同生活

アイシャちゃんがうちに荷物を運びこんで来た。付き添いでコリンちゃんも来てくれた。

ふう……、これから私とアイシャちゃんの共同生活が始まるんだね。

そうと決まったからには、ちゃんとアイシャちゃんを歓迎してあげたいなって気持ちが湧いてきたよ。その方がアイシャちゃんも絶対に嬉《うれ》しいと思うし。

「よーし、せっかくだし今晩はアイシャちゃんの歓迎会をしよっか」

「え、歓迎してくれるの？　すっごく嬉しいんだけど」

アイシャちゃんが子供らしくキラキラした表情をして喜んでくれた。

「一緒に暮らしていくんだしさ、私、ちゃんとアイシャちゃんと仲良くしたいなって思うから」

「うん、私もよっ。カノン先生、ありがとっ」

「ということでコリンちゃんもぜひ来てね」

「はいっ、ご一緒させて頂きますっ」

ということでアイシャちゃんの歓迎会を開催したよ。

ハミングホルンの街にある馴染《なじ》みのレストランで、美味《おい》しいものをお腹いっぱいにごちそうしてあげた。声をかけてみたらコリンヌさんも来てくれたから、なんだかんだですっごく盛り上がったよ。

アイシャちゃんはずっと笑顔だったし、これなら私たちは上手《うま》くやっていけそうだなって思えた。

ただ、どうしても譲れないことはもちろんあるよ。それは、共同生活のルールだ。

歓迎会で話すことじゃないと思ったから、お店を出て夜の森を歩いて、家に帰ってきてから私は話を切り出してみた。

「アイシャちゃん、大事な話をするね」

ソファに座ったアイシャちゃんがなんだろうかと私の顔を見上げた。

「これから二人で過ごしていくにあたってルールを決めたいと思うの」

「ルールはもちろん必要ね。でも、どんなルール？」

「まず、私が先生としてアイシャちゃんの課題とか魔法とかを見てあげるのは、平日の午後の三時までね」

「つまり、魔法学園の授業がある時間と同じってことね」

へえ、魔法学園って午後の三時で終わるんだ。日本の中学校と同じくらいだね。

「それ以外の時間は私はスローライフに没頭するから、アイシャちゃんは自由時間ね。勉強するなり遊びに行くなり好きにしてね」

「分かったわ。他にはルールはある？」

「んー……、私のスローライフが最低限守られるのなら特にないけど……。アイシャちゃんはまだ若いし門限は夜の七時にしようかな。あ、ご飯は交代交代で作る？」

「家事は全部私がやるわよ。だって、弟子だもの」

「え、いいの？　やったー」

それは楽でいい。弟子って家政婦さんみたいなこともしてくれるんだ。

アイシャちゃんは女の子だし育ちがよさそうだから、きっと完璧にこなしてくれるはず。

なんだか肩の荷が下りた気分だよ。

心配することなんて何もなかったのかもしれない。

私はアイシャちゃんに空いている部屋を教えてあげた。こう見えて私は綺麗好きだから使っていない部屋だってよく掃除しているんだ。

アイシャちゃんは部屋を気に入ってくれたみたいで安心したよ。

これで今日してあげられることは全部できたかな。なんだかひさしぶりに働いた気分だよ。

「じゃあ、アイシャちゃん。あとは明日にしようか。私は読みかけの小説を読んでから適当に寝るね」

「私は今日のレポートを書いてから早めに眠らせてもらうわね。長旅でくたくただし」

アイシャちゃんの通っていた魔法学園はここからもの凄く遠い。はるばる旅をしてきたんだから疲れていて当たり前か。

「アオ――――――――――――――――――ンッ」

「何いまの？　狼《おおかみ》の遠吠《とおぼ》え？」

「むむっ。今日も来たわね。寝る時間の合図」

「寝る時間の合図？」

「この森って私が寝る時間が近づいてくるとモンスターが騒ぎ出すのよ」

いったいどこからうるさいモンスターが湧き出てくるんだろうね。うるさい系のモンスターは繁殖力が凄いんだろうか。これでも二〇年前に比べたらだいぶマシになったんだけど、まだまだ安眠が絶対にできないレベルでうるさいんだよね。

「ということでちょっと退治してくるね。アイシャちゃんはゆっくりしててね」

「え、こんな時間に外に出るの？　危なくないの？」

「この二〇年間、危なかったことは一夜たりとてないわ」

家のドアを開けて外に出た。すると聞こえてくる聞こえてくる。騒音公害といってさしつかえのないくらいのモンスターの鳴き声が。

「ニャオ――――――――――――――――ン！」

「ぷく――――――、ぷく――――――」

「ぶわ――――――――はっはっはっはっはっはっはー」

「ラララララララララララララ！」

「ドガ――――ン、バゴ――――――ン」

「グルルルルルルルルルルルルルルッ」

「ウオ――――――――――――――――――――ン！」

「ミャ――――――――――――――――！」

今夜も本当に賑《にぎ》やか。後ろからついてきちゃったアイシャちゃんがモンスターの鳴き声に警戒心を見せている。

「え、これ、私たちを狙ってるんじゃ？」

「狙ってはないと思うよ。私、これまで危なかったことはなかったし」

「そうなの？　いくら森の中とはいえ、こんなにモンスターの声が聞こえるはずがないわ。危ないから家に隠れていた方が……」

「ここで引いたら私の安眠が守られないの。ということで、今夜も覚悟しなさいよ。森の住人さんたち！」

森の聖女と呼ばれたこの私が月に代わって治安を守るわ。

今夜は氷の魔法にしようかな。スキル〈ホーミング〉でうるさい系のモンスターに狙いを付ける。ちゃんとギルドが指定している悪いモンスターの名前であることを確認した。

「さあ、いくよっ。【アイシクルランス】！」

夜空から巨大な氷柱が降ってきた。

「ギャ――――――――――――――――ッ！」

スキル〈ホーミング〉からは決して逃げられない。狙い通りにしっかりモンスターに当たったね。

「えええええええええっ。今の氷の中級魔法よね。でも、威力は上級を超えていたわっ」

アイシャちゃんが目を丸くして驚いている。

「でも、適当に撃っちゃっていいの？」

「適当じゃないよ。人間を襲う悪いモンスターだけを狙ってるんだ」

「そんなことができるんだ……。森の聖女様はここでも私の想像をはるかに超えてくるのね」

スキル〈ホーミング〉がモンスター名を表示してくれるから撃ち間違えることはないんだよね。

ちなみに、この二〇年間で私は人間を襲うような悪いモンスターの名前を全て把握している。経験上、その手のモンスターってだいたい夜にうるさくするのも知っている。

というわけで、私の安眠のためにもどんどん魔法を撃ちまくるよ！

「【アイシクルランス】！」

「ギャ――――――――――――――――――ッ！」

「【アイシクルランス】！」

「ウッギャ―――――――――――――――――ッ！」

「【アイシクルランス】【アイシクルランス】！」

「グギャ――――――――――――――――――ッ！」

「【アイシクルランス】【アイシクルランス】【アイシクルランス】【アイシクルランス】【アイシクルランス】【アイシクルランス】【アイシクルランス】！」

「ギャピ――――――――――――ッ！」

「グエ――――――――――ッ！」

「バタンキュ――――――――――――――――ッ！」

以下、悲鳴が続いていく。

森に巨大な氷柱がいくつも刺さる。それが月光を反射してちょっとかっこいい。

「ひぃいいいいいっ。ま、魔法の大戦争？　大戦争なの？　私、ここにいていいのっ？　カノン先生の魔法が凄すぎて超怖いんだけどっ」

アイシャちゃんが怖がっちゃってる。でも気にしない。これをしないと私が安眠できないくらいにこの森はうるさいから。

「ウゴゴゴゴゴゴゴゴゴゴゴッ。ウゴゴゴゴゴゴゴゴゴゴゴゴゴッ」

「バル――――――――ン」

「ウッヒョ――――――――ッ」

「むむむ、まだ鳴くんだ。今夜は大量だね。静かになるまでやるからねーっ」

「ま、まだやるのっ。魔力無尽蔵なのっ」

「【アイシクルランス】！」

「ワギャ――――――――――――――――――ッ！」

森の悲鳴はやまない。

三〇分くらい私は魔法を撃ち続けた。気がついたらアイシャちゃんはドアに抱きつくようにして震えていた。

……けっこう可愛いところがあるんじゃない。

今夜は一緒に寝てあげた方がいいのかな。なんてね。

3　初めての手料理

アイシャちゃんとの共同生活が始まって最初の朝だ。

私って朝はそんなに早く起きる方じゃないんだけど、今日はわりと早くに起きたよ。アイシャちゃんが先に起きて一階でパタパタ動いていたからだと思う。

共同生活をするとのんびり起きることもできないんだなあと感じつつ、私は着替えて一階へと下りていった。

「おはよー、アイシャちゃん」

テンション低めな半分寝ぼけた挨拶をした。

アイシャちゃんは今日も勝ち気な瞳だ。長いツインテールをふわりとさせて振り返った。

「おはよう、カノン先生。良い朝ね」

先生って呼ばれ方はまだ慣れないなぁ。

「昨夜《ゆうべ》はちゃんと眠れた？」

「ええ、ぐっすり眠れたわ。怖いくらいに静かな夜だったもの」

「虫の音一つしなかったでしょ。私が森の治安を守ってるおかげなんだよー」

「カノン先生の魔法がどれだけ怖いかって身に染みてよく分かった夜だったわね」

「あはは」

アイシャちゃんにベッドと枕はどうだったかと聞いてみた。

「大丈夫よ。良いベッドだったわ」

しっかり合っていたらしい。アイシャちゃんのために買い換えたりとかは考えなくてよさそうだ。よかったよかった。

私は髪を手櫛《てぐし》で整えながらアイシャちゃんを見た。

アイシャちゃんはもうすっかり朝支度を整えているみたいだ。学生さんだから朝に起きる習慣がちゃんとついているんだろうね。

「って、あれ？　アイシャちゃんは今日も制服を着てるの？　うちで過ごすんだし、制服は着なくてもいいんじゃない？」

白い魔法少女っぽい制服だ。魔法学園の外でも着用義務はあるんだろうか。

「ここには授業の一環で来てるからね。イヤだった？」

授業の一環――。なるほどね、魔法学園の先生に言われてうちに来たんだもんね。納得したよ。

「んー、イヤじゃないよ。その制服、可愛いから好き」

「よかった。何着かあるから、カノン先生が着てみたかったら出すけど」

「いやいや、着たいんじゃないよ。もうそんな年齢じゃないし。誰得って感じだし」

私は前世で中一から高三まで六年間も制服を着ていたし、それでじゅうぶん。

「カノン先生はこの制服、似合うと思うけど。見た目は一七歳くらいだし。可愛いし」

「いやいや、着ないから。本当に誰得だし」

アイシャちゃんは納得してなさそう。でも、絶対に着ないよ。

「私、ちょっと顔を洗ってくるね」

「けっきょく着ないのね……。まあいいわ。朝ごはんの用意をしておくから楽しみにしてて」

「それで朝からパタパタしてたんだ。アイシャちゃん、ありがとうー」

私は洗面所に向かった。

一四歳の制服美少女に朝ごはんを用意してもらえるなんて幸せかもしれない。ていうか贅沢《ぜいたく》過ぎる気がする。私にはもったいないことだ。

アイシャちゃんって育ちがよさそうだし料理は得意そう。でもあんまり気合は入れなくていいからね。ほどほどに、無理のない程度に。力を抜くところは抜かないと前世の私みたいにボロボロになっていくからね。

なんて考えながら髪をしっかり整えて顔を洗った。

髪はさらさらで寝癖がつきづらいし、お肌はすべすべのピカピカだから朝の支度には時間がかからない。前世の私とは大違いだ。こういうのも些細《ささい》な幸せ。

さあ、今日からアイシャちゃんの指導をしないとだね。気合を入れていくぞー。

ドッカ――――――――――――ン！

「んぎゃああああああああああああああああっ！」

あー……。アイシャちゃんがなんかやっちゃった音がした。

おかしいな。この家はガスとかないのになんで爆発音がするんだろう。

私はおそるおそるキッチンに戻った。何をやらかしたのか見るのが怖い。

そーっと顔を出して確認する。

「ゲ、ゲホッ、ゲホッ、ゲホッ」

アイシャちゃんが真っ黒になってむせている。フライパンからはモクモクと黒い煙があがっていた。

「ど、どうしたのアイシャちゃん」

「え？　目玉焼きを作ってただけよ。成功したわ。ほらほら」

フライパンを見せてきた。そこには三分の二が真っ黒になっている目玉焼きがあった。確かに目玉焼きだけど、それを目玉焼きって言っていいんだろうか。

「成……功……？」

「うんっ、今日は何もかも上手にできてるから楽しみにしててっ」

いやいやいやいやいや。何もかも上手にってあんた。

いま気がついたけどテーブルの上の焦げたパンとか、お皿の上の新鮮さを失った野菜とか、鍋から吹き上がるドクロの湯気とか、それ本当に成功なの。

「ア、アイシャちゃん、あのね、言いづらかったら言わなくていいんだけどね」

「なんでも聞いてみてっ」

「魔法学園ってお料理の授業はあった？」

「ええ、あったわ」

「成績は……その……どうだった？」

「なぜか一〇段階評価で一しかとったことないわ。不思議よねー」

不思議なもんかいっ。

「男子なんて私の手料理を食べられるって涙しながら食べてたのに」

ああ……。男子……。憐《あわ》れなり……。

「よし、決めたぞ」

「カノン先生、なにを？」

「料理は私の担当にしよう」

「えええええええええええええええええええええええええええええええええっ」

アイシャちゃんはとっても心外だったみたい。料理下手な自覚がないって恐ろしいことだね。

まあ、料理は私がおいおい教えてあげようじゃないの。そこは魔法の先生としてじゃなくて、アイシャちゃんの人生の先輩としてね。

第3章　アイシャちゃんの課題

1　課題を始めよう

朝ご飯をさささっと用意してアイシャちゃんと一緒に食べた。

さあて、今日が始まるぞー。

今日ものんびりスローライフをしたい……ところだけど、私はアイシャちゃんの先生というか師匠になってしまったから、アイシャちゃんの課題に付き合ってあげないといけないんだよね。

スローライフはいったん置いておいて課題の方を頑張ろうと思う。

「さあ、アイシャちゃん。魔法学園の卒業と私のスローライフのために、一緒に課題を始めようか」

「うん、よろしくね、カノン先生」

「それで、私は何をすればいいんだっけ？」

「魔法学園の先生から課題の入った封書をもらってるわ。ここに書いてある課題を達成できたら、卒業に値するかを学園長が判断してくれるみたいね。ダメって判断だったら別の課題がいくつか出るみたい」

「じゃあ、とりあえずその封書にある課題をやればいいんだね」

その封書を開けて読んでみることにした。

うわ、達筆だ。ペンとインクでよくこんな綺麗《きれい》な文字が書けるね。あ、でも、魔法学園なんだし魔法で書いた文章かも。

「えーと、なになに、アイシャちゃんの課題は箒《ほうき》で空を飛ぶことなんだ。空を飛んで天空都市スカイチェロへと到達してください、だって」

「箒で空を飛ぶ！　本当？　私、飛んでいいの？」

「えーと……？　魔法で空って飛べるの……？」

「え、そこから？　カノン先生はプロの魔女なのになんで知らないのよ。【マジカルブルーム】っていう魔法を使えば箒で空を飛べるわ。ただ、箒の制御が難しいし危険だから、魔法学園の授業では教えてもらえなかったのよ」

なるほど。だからプロの魔女による個別指導が必要ってわけね。

ただ、私は箒で空を飛んだことがない。だからアイシャちゃんにどうやって箒の乗り方を教えるべきか悩んでしまうね。

……ん？　あれ、でもちょっと待って。

転生した頃の――、二〇年前の記憶を呼び起こす――。

たしか女神リリシアの書き置きに空を飛ぶ方法があったような。生身で空を飛ぶだなんてかなり危なそうだったし、スローライフにも繋《つな》がらなそうだったから完全にスルーしていたけど……。あの書き置きを今こそ読んでみるべきかもしれない。あの書き置きってどこに置いたんだっけ。

ちょっと待ってね、とアイシャちゃんに言って自室の机を探してみた。するとあっさりと見つかった。記憶の通り、ちゃんと箒で空を飛ぶ方法が書いてあったよ。これの通りにやればきっと間違いないはずだ。

私はアイシャちゃんの待つテーブルへと戻った。

「アイシャちゃん、大丈夫そうだよ。一緒に箒に乗って空を飛んでみよう」

アイシャちゃんが嬉《うれ》しそうにしてくれた。

「やった。すっごく楽しみよ」

というわけで、二人で箒の魔法に取り組んでみることになった。

といっても、うちには魔女が乗りそうなそれっぽい竹箒がないんだよね。だからまずは街まで行って買ってくることにした。

ついでに昨日の夜に倒したモンスターのドロップ品をギルドに売りに行く。アイシャちゃんは家の前にドロップ品が大量に転がっていることにかなりびっくりしていた。

△

知らなかった。魔女の箒って竹じゃないんだね。

考えてみたら前世の世界だと竹はアジアのイメージだ。アジアの竹を西洋の魔女が使っているわけはなかったね。

というわけで、エニシダっていう植物でできた箒を二本買ってきた。エニシダはとってもしなやかで箒として使いやすい素材だった。

よーし、家の前で空を飛ぶ練習を始めようか。

「さあ、アイシャちゃん。一緒にやってみよう」

「ええ。大天才の私ならすぐに習得してみせるわ」

女神リリシアの書き置きのおかげで箒を使って空を飛ぶ方法は分かっている。

箒で空を飛ぶ方法は簡単だ。お手本で私が先にやってみることにした。書き置きをちらちら見ながら実践してみる。

「まず、箒を持ちます。それから【マジカルブルーム】という魔法を箒にかけます。魔法がかかったら箒が勝手に空中に浮かぶので――」

おおお、魔法をかけてみたら箒が軽くなったよ。手を離してみたら、ふよふよと目の前に浮いていた。ちょっと楽しいかも。

「次に箒にまたがります」

う……、またがるのか。それはそうだよね。これから箒に乗るんだから。アイシャちゃんはジーッと真剣な様子で見ている。私は先生なんだから、ちゃんと実演してあげないとだよね。

しかし、淑女がスカートで箒にまたがるってどうなんだろう。まあ女の子しか見ていないからいいのかな。

箒の柄を持ってスカートの下に通した。そして私は箒の柄に腰を下ろしてみた。

……これ、いい大人がする姿勢じゃないなあ。かなり恥ずかしかった。

「しっかりと箒に体重をかけてまたがったら、微量な魔力を箒に送り続けます。そうすることで自在に空を飛ぶことができます……と」

スーッと箒がゆっくり前進した。思ったよりも体が横に傾いていく。これはなかなか危険かも。

「わ、わ、わ、バランス感覚がけっこう難しいっ」

転びそうだったから私は足をついて一回止まった。足がつく高さでよかった。

もう一回挑戦しよう。

今度は安定した。横に移動したりバックしたりしても大丈夫。

なるほどなるほど。自転車に乗るのと同じ感覚でいけるみたい。

森の木よりも高いところに上がってみた。

「うわー！　壮観ー！」

二〇年もここに住んでいたけど、景色を上から見たことはなかったな。思ったよりも綺麗な景色だった。私、いいところに住んでたんだなー。

小学校のお泊まり学習のときに箱根《はこね》の山から景色を楽しんだのを思い出したよ。あの頃はわりと楽しかったな。過労とかなかったし。

「カノン先生ー。私もやってみたいわー」

「あ、ごめんごめん。すぐに下りるね」

スーッと下りていく。うん、もう完璧。これは楽しいものだ。

アイシャちゃんがうきうきわくわくしている。年相応で可愛《かわい》い。これは教え甲斐《がい》がありそうだね。

……ん？　教える？

あれ？　ちょっと待って。魔法の教え方が分からないんだけど。

私はこれまで魔法を誰かに教えた経験はないんだよね。しかも女神リリシアの力で魔法を覚えたものだから、魔法の勉強をちゃんとしたことすらない。

これは困った……。私、アイシャちゃんに魔法を教えてあげる方法が何も分からないよ。

「ねえ、アイシャちゃん。変なことを聞くけどさ。魔法ってどうやって教えたらいいの？」

「え、なんでカノン先生が私に聞くのよ……」

アイシャちゃんに【マジカルブルーム】を教えてあげたいんだけど、でもどうやったら教えてあげられるのかが分からないんだよね。

「カノン先生って【マジカルブルーム】はどうやって覚えたの？」

「え、気がついたら覚えてたんだけど」

「ありえないし！」

勢いのいいツッコミをもらってしまった。事実なんだけどなあ。

「カノン先生、普通はね、使いたい魔法の魔法理論を勉強して、基礎からちょっとずつ理解して習得するものなんだよ」

「魔法理論？　なにそれ？」

「え、そこからっ！」

「魔法ってこう、心の中で念じて手からバーンって出すものじゃないの？」

「どうしよう。カノン先生が天才過ぎて何を言っているのか分からないわ」

そんなに驚くことなんだろうか。驚くことなんだろうな。私は転生したときにたくさんの魔法を覚えたから他の人とは違うに決まってるし。

アイシャちゃんに聞いてみたところによると、魔法理論っていうのはなんだか数式みたいなものっぽかった。その理論に当てはめて魔力を込めると絶対に決まった結果になるよねって感じのものだ。そういうのを単純なものから一つ一つ覚えていって、たくさん組み合わせていくことで使いたい魔法に組み上がるんだそうだ。

私はその組み上げていく過程を完全に飛ばして、結果だけを出している状態みたい。

「カノン先生ってやっぱり凄《すご》い人なのね。魔法理論なしで魔法を使える人なんて聞いたことがないわ。まあでも、安心してカノン先生」

ふふーん、とアイシャちゃんが薄い胸を張った。

「他の生徒ならここで手詰まりだったでしょうけど、この私なら大丈夫よ。だって、私は大天才だもの」

「つまり、【マジカルブルーム】の魔法理論をアイシャちゃんが習得する方法があるってこと？」

「そうね。魔法理論を解析するための魔法があるのよ。【アナライズ】っていうの。それを今、使ってみるわ」

アイシャちゃんの瞳の前に片目だけの眼鏡みたいなのが現れた。ガラスのレンズじゃなくて魔法でできた魔法陣みたいな眼鏡だ。その魔法陣の外側には紋様があるけれど、内側には何もなくて透明になっている。

あれを通して魔法を見ることで魔法理論を解析できるんだろうか。

「この【アナライズ】ならカノン先生が使った魔法を解析できるわ。というわけでカノン先生、【マジカルブルーム】を使ってみて」

「分かった。いくよ。【マジカルブルーム】！」

私は自分の箒にまた【マジカルブルーム】をかけた。既にかかっている状態だから弾《はじ》かれてしまった。だけど、魔法自体はしっかりと発動したよ。

アイシャちゃんを見てみる。魔法の眼鏡に文字とか図とかが細かく描かれていた。

「うわ、凄く複雑な魔法理論……。でも、私なら絶対に理解できるわ」

よくあんな小さい眼鏡に描かれた文字が読めるねって思ったけど、アイシャちゃんからは虚空に大きく魔法理論が描かれているように見えるらしい。

「ふむふむ、ふむふむふむ……。よーし、理解したわ。さすが大天才の私ね」

「よく分からないけど、アイシャちゃんが凄い子っていうのは理解できたかも」

アイシャちゃんが箒を立てた。さっそく魔法を実践するみたい。

「さっそく使ってみるわ。カノン先生、見ててね。【マジカルブルーム】！」

箒が浮かび始めた。

「凄いっ。一発で成功したじゃない！」

「ふふーん。大天才の私ならこんなの朝飯前よ」

アイシャちゃんのドヤ顔をいただきました。

いやー、アイシャちゃんが優秀で助かったよ。これなら箒に乗って空を飛ぶ課題は簡単にクリアできそうだね。

「さっそく箒に乗ってみるわね」

アイシャちゃんが箒にまたがった。そして、足を地面から離して私の腰くらいの高さまで浮かび上がった。

「や……。けっこう食い込むわね」

たしかにけっこう食い込むよね。でもそれよりも、空を飛ぶ爽快感の方が勝るから私は気にならなかったかな。

アイシャちゃんがすーっと前進する。あれ、バランスを崩した。箒をぎゅっとつかんで足に力を入れて踏ん張る。でもダメだった。アイシャちゃんは姿勢を崩してしまった。

土の上にアイシャちゃんは転倒してしまった。幸い低空での浮遊だったし、ちゃんと受け身を取れたから大怪我《おおけが》はしてなさそう。

「アイシャちゃん、大丈夫？」

「いたたたた。けっこうバランス感覚が難しいのね」

もう一回挑戦するアイシャちゃん。でもダメだった。やっぱり転んでしまった。

さらに挑戦するアイシャちゃん。でもやっぱりダメだった。派手に転んでしまった。

「大丈夫？　血が出てるじゃない」

膝小僧を擦りむいちゃっている。屈《かが》んで怪我の具合を確認しようとしたけど――。

「これくらい平気よ」

心配してほしくないみたい。

アイシャちゃんはすぐに立ち上がるとまた箒に乗って低空を浮遊した。すーっと進むけど、さっきまでと同じ距離まで行ったところでひっくり返ってしまった。

「う、うぐ……、おかしいわね。大天才のこの私がこんなことって……」

「アイシャちゃんって、バランス感覚がまだあんまりみたいだね」

「え？　バランス感覚？　そんなの関係ないわよ。単純にこの魔法を使い慣れてないだけよ。よーし、もう一回やってみるわね。次こそは――」

「ああっ、無理しないでねっ」

「無理じゃないわっ」

やっぱりアイシャちゃんは転倒してしまった。

箒には自転車と同じバランス感覚で乗れるんだけど……。この世界ってそもそも自転車がないんだよね。だからアイシャちゃんが箒を乗りこなせるようになるには、ちょっと時間がかかるかもしれなかった。

△

アイシャちゃんはお昼ごはんの時間になるまでずっと箒に乗る練習をしていた。

お昼ごはんを作ってあげたら食べてくれたけど、その後もずっと練習していた。

でも一向に上手《うま》くなる気配がない。

そろそろ私の授業が終了の時間になっちゃうね。あらかじめ三時までねって言ってあるし。そろそろアイシャちゃんを止めないとだよね。

「アイシャちゃん、そろそろ終わりにしよう！」

「もう三時なのね。でもカノン先生。私、一人で練習を続けるわ。早く箒に乗れるようになりたいから」

断られてしまった。アイシャちゃんは努力家さんなんだね。

私は一人で家に戻った。

ゆっくりとお茶を淹《い》れて、窓の向こうにいるアイシャちゃんを見る。制服は土だらけだし、脚と腕は傷だらけだ。

なんであんなに頑張るんだろう。もっとのんびりマイペースにやっていけばいいのにな。

私って前世で初めて自転車に乗ったときってどうしてたっけ――。

小学二年生のときだったかな。クラスのみんなにちょっと遅れて補助輪を外したんだった。ちょっと大人になれた気分だった。でも、ぜんぜん乗れなかったんだよね。何度も転んだし、泣きながらずっと練習をしていた気がする。

でも、夕方になる頃には乗れるようになっていたっけ。あれ、どうやって乗れるようになったんだっけ。ああそうか、お母さんが後ろから自転車を支えてくれたんだった。何回も何回も手伝ってくれたんだよね。

アイシャちゃん、また転んでる。

もう四時だ。さすがにそろそろ今日は終わりにさせないと。押し付けられたとはいえ、私がお預かりしている大事な娘さんなんだし。

私はお茶を飲み干して外に出た。

近くに来て分かった。アイシャちゃん、涙目になってる。まったくもう。そんなになるまで頑張っちゃって。そんな顔を見せられたら手伝いたいって気持ちになっちゃうじゃない。

「【ヒール】!」

私は治癒魔法をアイシャちゃんにかけてあげた。アイシャちゃんの傷がみるみるふさがっていく。

「え？　え？　治癒魔法？　凄い。カノン先生って治癒魔法も使えたの？」

「それって凄いことなの？」

「なんでカノン先生が知らないのよ。普通の魔法と治癒魔法は学科が全然違うわ。治癒系魔法の習得って大変なのよ。本気で習得しようと思ったら他の魔法には目もくれずに一生懸命勉強しないとダメね」

凄いことだったんだね。日本のゲームだと簡単に覚えていくらでも使えたし、私はそのイメージでいたよ。

アイシャちゃんがまた箒で前進を始めた。

「見ててね、カノン先生。私、ぜったいに箒で空を飛べるようになるからね」

「うん。私も手伝うよ」

「手伝うって？」

私はアイシャちゃんの後ろに回って箒を手で支えてあげた。そして、前進する箒に小走りでついていった。かなりの距離を進んでもアイシャちゃんは倒れなかった。

「す、凄いっ。カノン先生、どんな魔法を使ったの？」

「魔法じゃないよ。アイシャちゃんのバランスが崩れないように箒を支えてあげただけだよ。今の感覚を忘れないように。もう一回やってみよう」

私が箒を支えてアイシャちゃんと一緒に前進する。また上手くいった。

さらにもう一回やってあげた。今度は途中から手を離した。そのままかなり前進したけどダメだった。アイシャちゃんはバランスを崩して倒れてしまった。

「アイシャちゃん、そういうときは足をつくんだよー」

「私、カノン先生が支えてくれてるって思ってたのよ。って、カノン先生とけっこう距離があるわね。こんな長い距離を飛べてたんだ」

「だいぶ早いタイミングで手を離したからね。倒れるまではいい感じだったよ」

「それ、当たり前のことよね……」

再チャレンジだ。何度も何度も、挑戦した。くたくたになっても付き合った。夕焼けが来て、鳥が巣に帰る声を聞いても続けた。

アイシャちゃんは諦めなかった。私も意地なのかなんなのか、汗をかきながらアイシャちゃんに付き合った。

でもさすがに夜までは付き合えないかな……。

アイシャちゃんの体力的にもそろそろ終わりにしないとダメだと思う。

だから、これが今日、最後の一回だ。

「アイシャちゃん、今日はこれが最後ね」

「うん。ぜったいに上手く乗ってみせるわ」

箒を支えてあげて前進した。ある程度のところで手を離す。アイシャちゃんはそのまま前進した。

アイシャちゃんが倒れそうになる。でもこらえていた。疲れているせいか体から余計な力が抜けているんだと思う。きっとそれがよかったんだね。まるでそれが当たり前みたいに、アイシャちゃんは崩れそうな姿勢を元に戻すことに成功していた。

木の前まで来てアイシャちゃんはカーブをした。そのまま前進していく。家の裏をぐるっと回って戻ってきた。

アイシャちゃん、満面の笑みだった。嬉しすぎたのか涙が出ていた。その涙を見ていたら私ももらい泣きしちゃった。

箒に乗ったままアイシャちゃんが私のところへと戻ってきた。地面に下りてアイシャちゃんが抱きついてくる。私は両手を広げて受け止めてあげた。

「カノン先生、私、私……、箒に乗れたわ！」

「うん……、うん……、頑張ったね！」

二人で強く抱きしめ合って喜んだ。

すっかり夜になって星空が広がっていた。けっきょく一日中付き合っちゃったけど、もの凄く充実した気分だった。こういう日がたまにはあってもいいかもしれないね。

2 いつか天空都市で

アイシャちゃんの箏の練習にしっかり付き合っちゃった。今日はもうくたくただ。この世界に来てから疲労感が一番ある日になったのは間違いない。

でも、いい疲労感だと思った。これが前世だと、たとえ仕事を深夜まで頑張ったとしてもこんなにも充実した疲労感はなかったよ。人生が終わっていく不安感が増していくだけだったからね。

今夜は気合を入れて美味《おい》しい晩ご飯を作るぞ……って意気込みたいけど、心は充実していても身体《からだ》の方はもう本当にくたくた。

だから、簡単なスープ料理にしようと思う。野菜とお肉をたっぷりお鍋にぶっこんで、あとは煮込むだけだから本当に簡単だ。

香辛料をちょっと多めに入れておこうかな。その方が元気を補給できそうだし。

「アイシャちゃーん、ちょっと火を見ててくれるー？」

「……」

あれ？　ソファにいるアイシャちゃんからの返事がなかったぞ。

「お風呂を沸かしてくるから、沸いたら先に入ってきて――」

ソファを覗《のぞ》き込《こ》んでみた。

アイシャちゃんは箒を抱きしめて幸せそうに眠っていた。箒に乗れたのがそんなに嬉しかったんだね。眠っていても箒を離さないだなんて。

薄い掛け布団を取ってきてかけてあげた。

明かりを消して、私はキッチンへと戻った。そして、ゆっくりとスープを煮込む。

静かだった。

一人で過ごしていたこの二〇年の中で今が一番静かだって感じる。

お昼にずっとアイシャちゃんと一緒だったからだろうか。誰の声も聞こえないのは寂しいって感じがした。

「でもなんか、幸せだなー」

とても不思議だ。もしも私に娘がいたら、こんな気持ちをたくさん感じたんだろうなって思った。

アイシャちゃん、よく眠っている。そう感じるのが本当に幸せだった。

△

私がお風呂からあがって晩ご飯を食べ終えたら、アイシャちゃんがぼんやり起き上がってきた。

「……ごめんなさい。寝ちゃってたわ」

「いいよいいよ。あれだけ頑張ったんだから疲れて当たり前だよ」

「お風呂を入れるのは私の係なのに」

「気にしないで。それより、晩ご飯食べる？　それともお風呂に入る？　もう眠っちゃう？」

「うーん、お腹《なか》が空《す》いたからご飯を食べるわ」

「了解」

もうスープは冷めてるから温め直してあげた。ついでにパンを火であぶって温めてあげる。

アイシャちゃんは顔を洗ってきてからテーブルについた。

「おかわりあるからね」

スープをよそってあげる。香辛料の美味しそうな香りが広がった。

アイシャちゃんは本当に美味しそうに食べてくれた。私はその様子をずっと眺めていた。私に娘がいたらこんな感じだったんだろうな。なんてね。

おっと。アイシャちゃんを見すぎただろうか。アイシャちゃんが私を見つめてきた。いつもとちょっと違う瞳で私を見ている。

「ごめん。ずっと見られてたら食べづらいよね」

「んーん。そんなことないわ」

「え、そう？」

「ただ、お母さんが生きてたらこんな感じだったのかなーって思っただけ」

私、アイシャちゃんと同じようなことを考えていたみたい。

「あ、ごめんなさい。カノン先生ってきっと私よりちょっと年上くらいよね。それなのにお母さんだなんて」

「大丈夫大丈夫。私、見た目より実年齢が上だから」

「え、何歳なの？」

「それは乙女の秘密」

「ふふふふふふふ」

なにかツボに入ったんだろう。アイシャちゃんがくすくす笑っている。

「カノン先生も秘密なのね。私のお母さんもね、年齢を聞かれるのが凄く嫌いだったわ。長命種族って、実年齢と見た目のイメージが一般的な種族とはだいぶ違うせいかな」

「そうかもね。あれ、アイシャちゃんも長命種族なの？」

「うん。エルフだからね。私は何千年生きるか分からないわ」

エルフには一万年生きている人もいるらしい。それは凄い皺《しわ》だらけになるだろうなと思ったら若い姿のまんまなんだそうだ。生まれついての不老らしい。思春期とか成人とかからまったく老化がないんだって。アイシャちゃんもずっとこのまま美少女でいてくれたらいいな。

アイシャちゃんがスープを飲んだ。美味しいと小さく呟《つぶや》いた。

「カノン先生……、ありがとう」

少し照れながら感謝された。

強気でいつも自信たっぷりのアイシャちゃんだから、改まって感謝の言葉を伝えるのは苦手みたい。目が私を向いたりスープを見たり、恥ずかしそうにきょろきょろしている。

「どういたしまして。スープ、美味しかった？　あ、おかわりあるけど？」

「そ、そうじゃないわ。その……、箒に乗るのを手伝ってくれたから。授業の時間外なのに」

「そっかー。気にしないでいいよ。私がやりたくてやったんだから」

アイシャちゃんはスープを飲んだ。また美味しいと呟いてくれた。

「私、箒で空を飛ぶのが小さい頃からの憧れだったの。お母さんは魔女だったんだけど、箒に乗って飛ぶ姿が本当に綺麗で大好きだったから。だからいつかお母さんみたいになりたいってずっと思ってて」

「そうだったんだ」

「お母さんと約束をしてたの。いつか私が箒で空を飛べるようになったら、一緒に天空都市まで飛んでいってパフェを食べようって。天空都市にね、すっごく美味しいチョコパフェがあるらしいの。ブルームパーチっていうお店のチョコパフェ」

「天空都市って、これから課題で行くところ？」

「うん。だから私とお母さんの約束が叶《かな》いそうなの。お母さんは病気で死んじゃったから一緒には行けなくなっちゃったけど……」

「それなら、お母さんの代わりに私が一緒に行ってもいいかな？」

甘いものと聞けば目がないのが私だ。前世でも過労のストレスを紛らすようにスイーツを食べて食べて食べまくっていたんだよね。

アイシャちゃんが嬉しそうにほほえんでくれた。

「うん。私、カノン先生と一緒にチョコパフェを食べたいわ」

アイシャちゃんとの約束ができたね。

天空都市で一緒にチョコパフェを食べる。誰かと何かを約束するのはひさしぶりだった。たった
それだけのことなのに、私はとても嬉しい気持ちになった。

「おかわり食べていい？」

「お皿ちょうだい。入れてきてあげる」

ちょうだいというか、私が先に立ってお皿を取った。おかわりを入れにお鍋へと向かう。

私の背中に小さい声が届いてきた。

「カノン先生、本当にありがとう」

うん。どういたしまして。

第4章　幻影を追いかけて

1　門限

アイシャちゃんが箒《ほうき》に乗れるようになってから三日が経過した。アイシャちゃんはあれから毎日のように箒に乗る練習をしている。少しずつだけど着実に上手《うま》くなってきているよ。

高いところに上がるのはまだムリだけど、それはこれからじっくり二人で練習かな。

もしも空から落っこちたときのために対策を打っておかないとね。たしか女神リリシアの書き置きにいろいろと書いてあったはず。それを参考にすればよさそうかな。

よし、晩ご飯の準備は一段落だ。いったんエプロンをはずした。

時計を見てみると夜の七時を数分だけ過ぎていた。

「そろそろ晩ご飯の時間――、というか門限なんだけど」

あれー。アイシャちゃんが箒の練習から帰って来てないな。家の外を見てみたけどどこにもいない。街の方に行っちゃったんだろうか。

「まさか森の深いところになんて行ってないよね」

気持ちがざわついてきた。

私、アイシャちゃんに森の奥深くに入っちゃダメって言ったことあったっけ。この森ってハミングホルンの街や私の家から離れるほどに危険度が増していくんだよね。人を襲うモンスターが多く出没したりするんだ。子供が一人で入っていい森じゃあ決してない。知識がないと、大人でも危ない森だからね。私はコリンヌさんから知識を詳しく伝授してもらっているから一人で入れるけど、アイシャちゃんにはまだ何も教えていないから絶対に危険だ。

「夜になると悪いモンスターの動きが活発になるし……。ああ、心配だ」

スキル〈ホーミング〉を発動してみる。このスキルは照準をつけることができる対象なら、人間の名前だって表示される。しかもかなり遠くまでチェックできるから人探しにも使えたりするんだけど――。

「ダメ。アイシャちゃんの名前が表示されない。私のスキルの効果範囲外にいるみたい」

ということは、かなり遠くまで行ってしまったんだと思う。知らない場所まで箒で飛んで行っちゃって、うっかり真っ逆さまに地面に落っこちちゃったとかじゃないといいけど……。

心配だ。ああ、心配だ。女の子だから余計に心配だ。誘拐――とかじゃないよね。

探しに行こうか。でも、いったいどこへ。

箒で空に上がって、スキル〈ホーミング〉でひたすらチェックして回る？

「ああもう、考えてる時間がもったいないね。とりあえず動こう」

アイシャちゃんが一刻を争うことになっているかもしれない。考えている時間が本当にもったいない。

火を消して私は玄関へと向かった。そのときだ。

コンコンコン、と小さくて可愛《かわい》らしい音が聞こえてきた。家のドアをノックする音だ。私はホッとしつつドアへと駆けて行く。

「もうー、アイシャちゃん、門限はちゃんと守らなきゃダメだよ。心配したんだからね――」

言いながら気がついた。アイシャちゃんは帰ってくるときにノックをしないってことに。

「聖女様、こんばんは」

両手を揃《そろ》えて丁寧に挨拶してくれる。

ドアの前にいたのはギルドの受付をしているコリンちゃんだった。いつも着ている服なのに何か見慣れない姿だなって思ったら、腰にベルトをつけていた。そこに細身の剣を差しているね。

「コリンちゃん、どうしたの。こんな遅い時間に。もしかして緊急の仕事が入ったの？」

たまにだけど、ギルドって緊急の仕事が入るんだよね。そういうときはコリンヌさんが私の家を訪ねてきて一緒に仕事をしたりしていた。今回もそういうのだろうか。

「いえ、お仕事ではないのですが」

「じゃあ、遊びに来てくれたの？」

「いえ、そういうわけでもなく。あの、アイシャさんはいますか？」

心配そうな表情で聞いてくる。悪い知らせだって私は直感した。

「実はアイシャちゃん、門限なのに帰って来てなくて……」

「じゃあやっぱり、アイシャさんだったんですね……」

「どういうこと？」

「サソイネコ――。というモンスターをご存じですか？」

「人を幻惑して暗いところまで連れて行って、そこで人間をぱくりと食べちゃう悪いモンスターだったっけ」

　サソイネコが現れるときは家から出るな、っていうのは街でよく言われていることだ。大人でも幻惑されて食べられちゃうことがあるらしいから。

「はい。そのサソイネコが急激に増えてきていると、ギルドに情報が入っていまして」

　ギルドにはモンスターの情報がよく入ってくる。コリンちゃんの話を聞いて私は血の気が引いていく気持ちになってしまった。

「まさか、アイシャちゃんがサソイネコに？」

「かもしれません。白い服の女の子が、ふらふらーって誘われているのを見たよって行商人さんが教えてくれまして。その女の子は霧の中に向かってお母さん、お母さんって言っていたらしいです」

　ああ……、なんてことだろうか……。アイシャちゃんは白い制服を着ているよ。きっとアイシャちゃんはサソイネコにお母さんの幻影を見せられちゃったんだね……。

「すぐに助けに行かないと。コリンちゃん。教えてくれてありがとう」

　その行商人さんがアイシャちゃんを見かけたのは何時くらいだろう。手遅れになってないといいんだけど……。

「私も行きます。心配ですから」

「危ないよ？」

「大丈夫です。こう見えて剣の稽古はしていますから」

可憐《かれん》な一二歳の女の子だけど大丈夫かな。あ、でも、コリンちゃんのお母さんのコリンヌさんも綺麗《きれい》なのに剣が得意だったっけ。じゃあ、大丈夫かな。

「分かった。一緒に行こう」

私は玄関にあるランプを手に取った。夜の森は明かりがないと何も見えない。だからこのランプを持って行こうと思う。

コリンちゃんと一緒に森へと入って行く。

私、心臓がバクバク言っている。悪い想像ばかりしてしまう。もしもアイシャちゃんに何かあったらどうしよう。身も心も張り裂けそうで怖くてたまらなかった。

私の気持ちが伝わってしまったのか、コリンちゃんが手をしっかり握ってくれた。まだ一二歳の女の子の可愛らしい手なのに、何よりも心強かった。

2　まっ暗な夜の森へ

コリンちゃんと一緒に夜の森を歩いていく。私、長いことここで生活をしているけど、夜に森の深いところへと入って行くのは初めてだ。

怖いくらいに暗いんだよね。

いちおうランプの明かりはあるんだけど……。それだけだとあまりにも心もとない。足下とほんの少し先を照らせる程度のものだからね。地球の懐中電灯みたいにもっと遠くまで照らすことができたらよかったのに。

視界が悪い分、他の感覚が研ぎ澄まされていく。

右の方からジーッと何かの虫が鳴くような音が聞こえてきた。気にしない、気にしない。

他にも何かの息遣いみたいなのが聞こえてくる。無視だ。無視。

左の方から「人間だ……。人間が来たぞ……」と悪そうな声が聞こえてきた。私たちを食べる気だろうか。ちょっとそれは無視できない。でも、スキル〈ホーミング〉でチェックしてみたら、この近辺に人間を食べるようなモンスターはいなかった。たぶん人語を操れる小型モンスターのいたずらだろうね。

コリンちゃんと一緒に森の奥へと歩いていく。木々の隙間から何かが私たちを見つめてくる気配がする。戦ったら勝てると思うけど、いきなり襲われたらたまらない。

ふいに、草木が不自然に揺れた気がした。警戒して、ついそちらを見てしまう。でも何もいなかった。私の恐怖心が生み出した勘違いだったみたいだ。

自分の足音がいつもよりもよく聞こえる。これは私が神経を研ぎ澄ませているせいだと思う。

バサーッ、バサーッ、バサーッ。

枝から大きな何かが飛び上がった。悲鳴をあげそうになってしまった。

コリンちゃんが私の腕にしがみついてくる。小さい女の子の温かい体温が私の腕をしっかりと包み込んだ。

「す、すみません。驚いてしまいました」

「だ、大丈夫だよ、コリンちゃん。私も驚いちゃったし」

心臓がドキンドキンといっている。冷たい汗が背中を流れ落ちていく。これはかなり気疲れしそうだ。

コリンちゃんが私の腕に抱きついたまま歩いていく。

怖がりながらだけど、けっこう早歩きをしている。アイシャちゃんの救出に向かってるんだし、のんびり歩いてなんていられない。

少し進むと、周囲がぼんやりとかすみ始めた気がした。私の目がおかしいんだろうか。

「聖女様、霧が出てきましたね」

「あ、これ、霧なんだ。どんどん視界が悪くなっていくね……」

「より注意して進んでいきましょう」

そうだね、と私は返事をした。

霧の中をどんどん歩いて行く。進めば進むほど霧の中に迷い込んで二度と帰れないんじゃないかって気分になってしまう。方向感覚は大丈夫だろうか。

「コリンちゃん、アイシャちゃんはこっちの方向でいいんだよね」

「はい。道は間違っていないはずです」

「だよね」

変な道に迷い込んだりはしていないみたいだ。目撃談によるとアイシャちゃんは街の東側からふらふらっと出て行ったそうだ。なのでそちらの方向へと私たちは進んでいるつもりだ。

「……私、日頃からもっとサソイネコを倒しておくべきだったのかな」

モンスターって数が増えてくると普通に街の中に入ってくるんだよね。

だから増えすぎないようにちょくちょく退治しているんだけど、それでもこうして追い付かないことはある。そのせいで今、大変な思いをしているわけだ。

「いえ、ギルドでもサソイネコが増えているって情報をキャッチしたばかりでしたから」

「増えるスピードが早過ぎちゃったってことか……」

「そういうことだと思います」

「アイシャちゃん、無事でいてくれるといいけど……」

「絶対に大丈夫ですよ」

「……ありがとう。はっきり言ってくれて」

きっとアイシャちゃんの身を案じる私を励ましてくれたんだろう。

「サソイネコには習性があるんです」

「習性？」

「はい。サソイネコは人間を幻惑して縄張りに誘いこむんですけど、すぐには襲いかからない習性があるんです。幻惑して幻惑して、人間が疲れ果てるのを待ってからやっと襲いかかるんです」

そんな習性があるんだ。じゃあ、アイシャちゃんが無事でいてくれる可能性はまだわりとあるのかもしれないね。

「その習性の通りなことを祈るよ」

神様に、いや、ご縁のある女神リリシアに、かな。

どうかアイシャちゃんをお守りください。アイシャちゃんはとってもいい子なんです。私、アイシャちゃんに美味《おい》しいご飯をいっぱい食べさせてあげたいんです。あと、アイシャちゃんと一緒に天空都市に行きたいです。チョコパフェを一緒に食べてあげるって約束をしていますから。

ですから、どうかお守りください——。

私は祈りを捧《ささ》げながら歩いていった。

3　サソイネコ

木の根が行く手を遮るように大きくでっぱっている。足を大きくあげて跨《また》いで進んだ。

霧がますます濃くなっていくね。気温が少し低くなってきたかも。寒気を感じた。これから何かが出そうだなって空気感が漂ってきた気がする。

上から声が聞こえてきた。

「人間だ。おい、人間だよ。こんな森の深くに。ヒヒヒヒヒヒ」

少年みたいな声だった。

「本当だ。人間がいるね。ウフフフフフフ」

少女の声だった。オバケみたいな感じがするけど、人語を操れる類《たぐい》のモンスターだと思う。スルーして進む。でも、どんどん声が増えていった。

「あれは魔女だね」

「おう、魔女だ魔女だ。ケキャキャキャキャキャ」

「森の魔女？」

「ああ、あの魔王か」

「ちょっと。女の子じゃない。魔女王って言っておやりよ」

勝手なことを言ってくれちゃって。声の聞こえてきた方を見上げた。

「私は森の聖女！　勝手な名前をつけないで！」

「「「「ウキャー――――。キャキャキャキャ！」」」」

楽しそうな声をあげながらどこかへと逃げていったみたいだ。

いろんな枝が凄《すご》く揺れている。きっと猿みたいなモンスターだったんだね。襲いかかってくるようなモンスターじゃなくてよかった。

あれ、道の先で何かが光ってる？

何かなって思ったら、光っていたのは黒猫の瞳だった。その光る瞳で私をジーッと見つめている。

人間が珍しいんだろうか。横を通っても私のことをずーっと見続けていた。本当にずーっとずーっと……。そして、通り過ぎたすぐ後だ。

「そこから先は危険だよ」

おばあさんみたいな声がした。振り返ったら、さっきの黒猫はもういなかった。

「聖女様、モンスターです！」

「え？」

コリンちゃんがパッと私の腕から離れた。そして、剣を抜いた。凄く綺麗な構えだった。これはかなり鍛えてるね。

正面を見てみる。道の真っ直《ます》ぐ先にオバケみたいな顔のキノコのモンスターがいた。

「フシュ――――、フシュ――――」

何やら襲いかかってきそうな雰囲気だ。

「聖女様、注意してください！　あれはトカシキノコです。吐かれた胃液を浴びたらお肌が溶けてしまいますので」

「うん、大丈夫。昔、コリンヌさんから教えてもらってるから。コリンちゃんも胃液にはじゅうぶん気をつけてね」

トカシキノコが走って来た。短い手足だけどけっこうな速度が出ている。いきなりコリンちゃんに飛びかかってきた。

「てえいっ！」

コリンちゃんが可愛いジャンプ斬りで迎え撃つ。それが綺麗にきまって、トカシキノコは真っ二つになってあっさり消滅した。

「わ、コリンちゃん、凄い」

「えへへ、お母さんに戦い方を教えてもらいましたから」

私も負けないようにしないと。大人なんだからしっかりしないとね。心をグッと引き締めて強気な表情を作った。さあ、次のモンスターが出たら私が倒すよ。

「あれ、アイシャさん？」

「え、どこ？」

コリンちゃんの視線の先を追ってみるけど霧が深すぎて何も見えない。

「今、そこにいた気がしたんですけど」

「気のせいじゃない？」

コリンちゃんが念のためにと少し先の木の左側を確認しにいく。

「あ、やっぱりアイシャさん。おーい、こっちですよ。アイシャさーん！」

大きな声をあげながら、走って追いかけ始める。

「待って、コリンちゃん。本当にアイシャちゃんがいたの？」

私も走った。コリンちゃんにはすぐに追い付くことができた。

コリンちゃんが正面方向を指差す。

「聖女様、あそこです。あれってアイシャさんですよね？」

白い制服に金髪のツインテール。そんな後ろ姿が小走りで森の奥へ奥へと進んでいく。

「本当だ。間違いなくアイシャちゃんだよ。アイシャちゃーん！　おーい、こっちだよ。一緒に家に帰ろうー！　晩ご飯の時間だよー！」

「アイシャさーん。聞こえないんですかー？　待ってくださーい！」

私たちは走って追いかけた。でも、追い付けなかった。しかも——。

「おかしい。見失っちゃった？」

「聖女様、いましたよ。あっちです」

今度は右側の方にアイシャちゃんがいた。そっちはかなり足場が悪そうだ。人が歩いていく場所には見えない。

「アイシャちゃん、待って。そっちは危ないよ」

「アイシャさん、もしかしたら道に迷って気が動転しているのかもしれませんね」

私とコリンちゃんは走ってアイシャちゃんを追いかけた。

でも、また見失ってしまった。

今度は左側にアイシャちゃんの背中を見つけた。どんどん森の奥へ奥へと向かっている気がする。

私とコリンちゃんは同時に足を止めた。

アイシャちゃんが止まった。そして、私たちを振り返って手招きをしている。

私たちは足を踏み出さない。あのアイシャちゃん、瞳に光がぜんぜんない気がする……。

「聖女様、これって……」

「うん、絶対に幻惑されてるね」

「ということは、サソイネコのいるところまで来られたってことですね」

「そういうことだね」

スキル〈ホーミング〉で周囲を確認してみる。その瞬間に私は凄く驚いた。いる。うじゃうじゃいる。私たち、いつのまにか完全にサソイネコの集団に囲まれていた。

「コリンちゃん、まずいかも」

「え、どうし――」

「完全にサソイネコに囲まれてるよ。一斉に襲われたら大変だよ。……コリンちゃん？　私の後ろに何かいるの？」

「せ、聖女様、後ろっ――」

コリンちゃんの声、震えている。慌ててスキルの表示を確認する。あ、やばっ。もうサソイネコが私のすぐ後ろに来ていた。

私は振り返った。そして、かなりびっくりした。

私の後ろには、想像をはるかに超える大きいモンスターがいたからだ。牙を剝《む》き出《だ》しにして私たちを食べたそうに見下ろしている。

見た目は二足歩行な白い猫のモンスターだ。丸い顔がちょっと可愛いかも。

私、サソイネコは討伐クエストに描かれてるイラストで見たことがあったけど、そのイラストと実際のサソイネコはだいぶ印象が違った。

「嘘《うそ》っ。胴体が長すぎない？」

「聖女様、ツッコむのそこですかっ」

「だってほら、足はあんなに短いのにさ、背は私の倍はあるじゃん。いったいどうやってあんなに短い足であの長い胴体を支えてるんだろう？」

「たしかにそうですけど。聖女様、食べられちゃいますよ！」

「それは大丈夫。だって私、サソイネコくらいなら強い魔法で蹴散らしちゃえるからね！」

私が適当な魔法で攻撃をしようとしたときだ。まったく予想外の方向からとてつもなく強い魔力を感じた。これ、誰かが魔法を発動するときの前触れだ。いったい誰が――。

「【ライトニング】！」

強い電撃の魔法が霧の中を駆け抜けていく。そしてサソイネコの胴体に直撃していた。

「ウニャ――――――――ッ！」

サソイネコの身体《からだ》を電撃が駆けめぐっている。あれはかなり痛いと思うよ。サソイネコが本当に苦しそうにもがいている。

「コリンちゃん、今の魔法ってもしかして……」

「はい。もしかして、アイシャさん？」

霧の中から一人の少女が出てきた。手には箒。制服やほっぺは土で汚れていた。苦労したって感じが凄く出ている。

「や――――っと見つけたわよ！　逃げ足ばっかり速くて本当に頭に来ちゃうわ。絶対に許さないんだからね！」

あれ？　アイシャちゃん、なんか怒ってる？　目がつり上がってるよ。

「本当によくも騙《だま》してくれたわね。あんたたちがお母さんの幻影なんて見せるから本気で走って追いかけちゃったじゃない。私、何度も何度も転んだわよ」

それで土で汚れてるんだね。

「純真な乙女の心をもてあそんだ罪は重いわよ。あんたたち、まとめてぜんぶ私が倒してやるんだからねっ！」

私とコリンちゃんは同時に駆けだした。そして、アイシャちゃんに向かってダイブする。

「アイシャちゃ────ん！」

「アイシャさ────ん！」

「って、わーっ。なに？　なに？」

二人で抱きついてアイシャちゃんをぎゅーっとした。体温があったかい。間違いなく本物だ。いきなり抱きつかれてアイシャちゃんはかなり戸惑っているね。

「びっくりしたー。モンスターかと思った。カノン先生とコリンじゃない」

「そうよ。心配したのよ。門限は夜の七時って言ってたでしょ」

「え、もうそんな時間？」

「アイシャさん、心配してたんですよ。サソイネコに幻惑されて食べられちゃったんじゃないかって。気が気じゃなかったです」

「そうなの？　ていうか、あのモンスターってサソイネコっていうの？」

「そうです。人を幻惑して食べちゃうモンスターです」

「私、食べられかけてたんだ。こわー」

私はアイシャちゃんの頭をわしわしした。アイシャちゃんの髪がどんどん乱れていく。

「怖かったね。でも、もう大丈夫だからね」

「え、別にぜんぜん怖くなかったけど」

私はアイシャちゃんから離れた。そして、激怒した瞳でさっきアイシャちゃんの電撃魔法を受けたサソイネコを睨《にら》み付《つ》けた。サソイネコはちょうど電撃魔法の痛みを乗り越えたところだった。立ち上がろうとしている。

「さーて、お仕置きの時間といこうかしら」

コリンちゃんがビクッとした。私の迫力にびっくりしたみたいだ。

「ウニャー！」

痛みのせいかサソイネコが凄く怒っている。

スキル〈ホーミング〉を発動。周囲にいるたくさんのサソイネコが一斉に近づいて来ているね。きっと、仲間を助けに来ようとしているんだろう。でも、問題ない。不意打ちでないなら、たとえ何匹同時にかかってきたとしても私の敵じゃないから。

「あんたたち、全部まとめて蹴散らしてあげるからね！　私をこんなに心配させた罪は重いわよ！」

「わー――――っ。カノン先生、待って、お願い、待って。凄い魔力だよ、それ！」

アイシャちゃんが何か叫んだ気がしたけどもう遅い。私はスキル〈ホーミング〉で、ここらへんにいるすべてのサソイネコに照準をつけた。

「さあ、覚悟はいい？　めいっぱい痺《しび》れて反省しなさいね！　【ブレイクサンダー】×二五！」

周囲がピカッと光り輝いた。これは雷の魔法だ。空からサソイネコたちに向けて雷が二五発も一斉に降ってくる。

「う、嘘でしょ――――っ。そんな強い魔法をこんな近距離で撃たないでよーっ。怖い怖い怖いっ。カノン先生、魔力が強すぎ――――っ」

ズガガガガガガガ――――――ン。ズガガガガガガガ――――――ン。ゴロゴロゴロゴロ――――ッと大音量の雷音が轟《とどろ》きまくった。

「ひいいいいいいい。撃った自分でも怖いわ！」

「私たちはもっと怖いわよ！」

「なんかごめ――――ん！」

でもサソイネコは確実に倒せているみたいだ。

「「「「ギニャ――――――――――――ッ！」」」」

って断末魔の叫びをあげているからね。目の前にいたサソイネコも消滅した。ドロップ品がどんどん私の足下に飛んでくるね。しばらく耳を塞いで雷が収まるのを待った。

周辺がしんと静まり返る――。

あー、やっと雷は収まったね。でも、目がチカチカしてよく見えない。あと耳がよく聞こえなくて変な感じ。稲光の眩《まぶ》しさと雷鳴の大きさにやられちゃったみたい。

私はアイシャちゃんを見た。アイシャちゃんも私を見た。

私は何も言わずにアイシャちゃんを抱きしめた。それから優しい声で言う。

「アイシャちゃん、凄く怖かったよね。でも、もう安心だからね」

「私、サソイネコよりもカノン先生の魔法の方がずっと怖かったんだけど！」

「そうだよね、サソイネコは怖かったよね」

「ちょっ、聞いてる？　怖かったのはカノン先生の魔法だよ？」

「大丈夫。ちゃんと聞こえてるわ。怖かったのはサソイネコ」

「ぜんぜん聞こえてないし！」

「さあ、一緒に帰って晩ご飯を食べようね」

「絶対に聞こえないふりをしてるでしょ」

う……。いやでも、耳が聞こえづらくなっているのは本当だし。

コリンちゃんが胸をなで下ろしているね。さっきまで強張《こわば》った表情だったけど、安心しきった感じになっている。

「アイシャさんが無事で本当によかったです。さあ、そろそろおうちに帰りましょうか」

「コリン、探しに来てくれてありがとね。暗いし怖いしで大変だったでしょ」

「いえ、私は平気でしたよ」

「カノン先生もありがとう」

「うんうん、どういたしましてだよ」

アイシャちゃんがジト目になった。

「カノン先生、やっぱり聞こえてるんじゃない」

あ――。まあいいか。アイシャちゃんが無事だし、めでたしめでたしだよね。

4　遅めの晩ご飯

アイシャちゃんと一緒にわが家に帰ってきた。

もう夜の九時をけっこう過ぎちゃってる。コリンちゃんを家まで送ったらずいぶん遅くなっちゃった。

コリンちゃんってまだ一二歳なんだよね。晩ご飯も食べずに私たちに付き合ってくれて本当に感謝だ。私、一人だったらもっと心細かったと思う。今度、何かお礼をしないとだね。

リビングに入る。家の空気に包まれると凄く安心した気持ちになれた。

さて、まずは晩ご飯かな。そういえば私って料理をしている途中だったっけ。どこまで作ってたっけ――。

いや、晩ご飯も大事だけど、まずはお風呂だよ。

アイシャちゃんをお風呂に入らせてあげないと。アイシャちゃんは服も顔も髪も土だらけになっちゃってるし。

「アイシャちゃん、私、お風呂を入れてくるから先に入ってきてね。アイシャちゃんがお風呂に入ってる間に晩ご飯を作っちゃうからさ」

「ありがとう。でも、お風呂なら私が沸かしてくるわよ」

「いいの？　疲れてない？」

「平気平気。カノン先生は心配しすぎ」

アイシャちゃんはお風呂の方に歩いていった。元気そうだから大丈夫かな。暗い森でかなり長い時間サソイネコに振り回されていたはずだけど……。疲れとかはあんまりないんだろうか。私だったらもうへとへとになっちゃってそうだけど。

「……アイシャちゃん、若いなー」

私は、身体はともかく心は前世の二六歳会社員からずっと続いている。だから自然と自分の体力と限界を計算に入れて毎日行動してるんだよね。けど、アイシャちゃんはまだ一四歳だから体力も気力も無尽蔵に湧いてくるんじゃないかな。

「うらやましいなー」

長命種族の若い身体を使っているとはいえ、私にはアイシャちゃんみたいな無尽蔵の元気はないよ。……まあ、私はスローライフのしすぎだから、単純に体力がないだけかもしれないけど。

「よし、美味しい晩ご飯を作って、元気を補給しないとね！」

疲れた心と身体には美味しい晩ご飯が一番だ。気合を入れて作ろうっと。

△

「いただきまーす」

アイシャちゃんが元気に晩ご飯を食べ始めた。お風呂に入ったばかりだから、お肌も髪もピカピカでいい香りがしている。

「わあ、美味しい！」

私も食べてみる。

「うん、美味しいね」

上手に料理ができたみたいだ。

胃の中に温かな味が入っていく。夜の森で疲れた心と体が癒やされる気分だ。

ちなみに、今日の晩ご飯はポトフだ。ほくほくで美味しいじゃがいもとか、甘いにんじんとか、やわらかく煮込んだたまねぎとか、あとは細長いソーセージがたくさん入っている。香辛料のいい匂いのおかげで食欲がどんどん湧いてくるよ。

「私、カノン先生の料理の味が第二の故郷の味になりそう」

「それは褒め過ぎじゃない？」

「ほんとほんと。それくらい美味しいんだもん」

おふくろの味みたいなものだろうか。優しく染み渡るようないい味に作れているのかもね。

「故郷の味かー……」

ちょっとしんみりしてしまう。日本を思い出してしまった。

「ねえ、カノン先生の故郷ってどこなの？」

「んー、遠いところかなー」

「なにそれ。内緒ってこと？」

「乙女の秘密ってこと」

アイシャちゃんが「ふふふ」って笑った。

「またそれなんだ」

「ミステリアスないい女を目指そうかなって思ってるから」

「見た目が可愛いからムリじゃない？」

「え？　可愛い？」

「うん。可愛い！」

「いやー、嬉《うれ》しいなー」

見た目を褒められると素直に嬉しい。だって、前世ではそんな嬉しいことを言ってもらえた経験がぜんぜんなかったから。私にとって「可愛い」は、言われるんじゃなくて言う側の人生だったんだよね。

ポトフを食べる。

自画自賛したくなるくらいに美味しい。料理も容姿も褒めてもらえて、いい日になったかもしれないね。

しばらく黙々と食べ続ける。

焼いたパンをちぎって食べた。ふんわりで美味しい。

「そういえばさ、アイシャちゃんってサソイネコにお母さんの幻影を見せられたんだっけ？」

「うん。少し離れたところからお母さんの笑顔を見せられたり、手招きされたりとか――。それでどんどん森の奥に入って行っちゃった感じ」

サソイネコの作る幻影は本物そっくりだった。私だってサソイネコが作ったアイシャちゃんの幻影にすっかり騙されちゃったよね。だからアイシャちゃんが幻惑されちゃうのはしょうがないと思う。すっごく怖いモンスターだったな。

「でもね、途中でハッと気がついたの。死んだお母さんがこの森にいるわけがないわってね」

あの本物みたいな幻影を見せられて、それにちゃんと気づけるなんて。やっぱりアイシャちゃんは優秀な子だね。

「あと、思い出したんだ」

「思い出した？」

「うん。私にとってお母さんみたいな人は、今はカノン先生だってことをね」

「え、私？」

「うん。カノン先生の温かさを思い出したら、幻影のお母さんは凄く冷たい感じだって気がついたの。それで帰ろうと思って後ろを見たら、美味しそうによだれをたらしている大きな猫のモンスターがいたんだよね」

「え。怖いね。もうちょっと気がつくのが遅れてたら、食べられちゃってたんじゃない？」

「そうかも。危なかったかもね」

アイシャちゃんが少しだけ間を取った。そして、優しい表情を私にくれる。

「カノン先生、私に温かさをくれて、本当にありがとう」

「ど、どういたしまして。改めて言われるとなんだか照れくさいね」

「カノン先生が温かさをくれたおかげで私は助かったんだと思うよ。だから本当に感謝してるよ」

「……うん」

本当に照れくさかった。

だからここからは会話は減っていってしまった。でも、不思議と幸福感はいっぱいあった。何も喋《しゃべ》らなくても私とアイシャちゃんは繋《つな》がっている。そう思えたから。

こうやって人と人って家族みたいになっていくんだろうか。それともこれは友情? 師弟愛? よく分からないけど、なんにしてもいいなって思った。

「カノン先生、おかわりある?」

「うん。好きなだけ食べていいよ」

「やったー」

入れてあげると言って私はお皿を受け取った。

弟子に来てくれたのがアイシャちゃんで本当によかったな。他の子だったらこんなには仲良くなれなかったと思う。

もう少しくらい、私は前向きに魔法学園の課題に向き合ってあげてもいいのかもしれないね。アイシャちゃんが喜んでいる姿を見られるのなら、きっと私だって嬉しい気持ちになれると思うし。

明日から少しずつでも一緒に頑張っていこう——。なんてことを考えながら、温かいポトフを丁寧にお皿に入れてあげた。

第5章　魔法少女とぬいぐるみ

1　できるだけ遠くまで行こう

アイシャちゃんと箒《ほうき》に乗る練習を始めてから二週間が経《た》った。私もアイシャちゃんも箒に乗るのがだいぶ上手《うま》くなったよ。もう雲の高さまで飛べるし、風に煽《あお》られてもバランスを崩さなくなっている。スピードだってかなり出せるようになったんだ。

「ひゃーっ。気持ちいいーっ」

アイシャちゃんが爽快な声を出す。私も同じような気持ちだ。今、二人で一緒に薄い雲の中を猛スピードで突っ切ったんだよね。

ひんやりとした空気を感じながら、雲の中を箒に乗って通り抜けるっていうのはとても新鮮な体験だった。

アイシャちゃんが箒を太ももで挟んで両手を離した。自転車でいうところの両手離しだ。そういうことをやってもバランスを崩さなくなったよ。アイシャちゃんは本当に箒に乗るのが上手になったよね。

ただ、ちょっと調子に乗っちゃってるかも。

アイシャちゃんは両手離しの状態で時計回りにぐるんと半回転した。頭を下にした体勢だ。そのまま楽しそうに飛んでるんだよね。ツインテールが風に凄《すご》く揺れていた。

「ちょっ。アイシャちゃん、危ない乗り方は禁止だよっ」

「平気平気ー」

「平気じゃないでしょ。太ももの力がゆるんだら落っこちちゃうでしょ」

「平気だってばー。落っこちたときのために衝撃ガードの魔法をかけてるんだし」

そう、万が一のために、予《あらかじ》め衝撃ガードの魔法を自分にかけておくルールにしてある。あと念には念を入れて、空からの落下中に箒を呼び寄せるための操作魔法を習得してある。女神リリシアの書き置きにあった安全施策をしっかりとやった感じだね。だからたしかに大丈夫なんだけど……。

「そもそも落っこちるのがダメなんだってば。衝撃ガードは万が一の保険でしかないよ」

「私、落っこちないんだけどなー……」

そう簡単には落っこちないんだろうけど、それでも心配なんだ。アイシャちゃんは優秀だけどどこか隙がある子だし。

「アイシャちゃん、スカートの中が見えちゃいそうだよ」

「それは恥ずかしいけど」

「はしたないのもダメにしよう。上品に優雅に、それがうちのルール」

「女の子同士なんだから別にいいかなって」

「ダーメ」

「えー。いろいろな乗り方をやって楽しんだ方が絶対に上手くなると思うんだけどなー」

「それはそうかもだけど、あんまりふざけてると本当に落っこちちゃうよ……」

「あ、やばっ」

アイシャちゃんが手で箒をしっかりとつかみ直した。

どうかしたんだろうか。姿勢を元に戻して私の方に思い切り寄ってくる。

アイシャちゃんの正面から何かが飛んで来てるみたいだね。

あれはなんだろう。あ、分かった。うわー、ドラゴンだ。緑色のでっかいの。あくびをしながらぐるんぐるん回転するように飛んできている。

「わー、大きいー」

私は思わず声に出していた。豪華客船みたいな大きさがあるよ。そんな大きいドラゴンが凄いスピードで私たちとすれ違っていく。ドラゴンの身体《からだ》が大き過ぎるせいか、引き寄せられるようにバランスを崩してしまった。私もアイシャちゃんも。

「あぶなっ」

「アイシャちゃん、大丈夫？」

「うん、大丈夫だけど、びっくりしたー」

私もアイシャちゃんも太ももでしっかりと箒を挟んでバランスを取り戻した。私はアイシャちゃんの瞳を見た。

「ね？　こういうことがあるから、ちゃんと箒には真面目に乗らないとね？」

「あのドラゴンも変な飛び方してたけど……」

たしかに、暇つぶしなのかなんなのか意味もなく回転しながら飛んでいた。

「でも、ドラゴンは空の専門家だから。たとえ気を失って落っこちても平気だろうし」

「まあ、たしかにそうね。ドラゴンは人間よりもずっと硬いもんね……」

納得してくれたみたいだ。それ以降、アイシャちゃんは真面目に乗ってくれるようになった。


夜——。

アイシャちゃんがご飯を食べながらちょっと残念そうにする。

「私、本当は箒の上に立って飛んでみたかったなー」

「それは本当に危ないからやめよう？」

それにたぶん、お尻を箒につけてないと安定して飛行ができないと思うし。

「私は大天才だし、箒を足の裏でコントロールするくらいできると思うけど」

「ムリムリ。絶対に禁止だからね」

「カノン先生って心配性よね」

「大事な弟子なんだから当たり前でしょ」

「大事に思っててくれたんだ。うふふふ。やった」

アイシャちゃん、嬉《うれ》しそうだ。理解してくれたみたいだね。

ちゃんと言えば聞き分けのいい子で良かったよ。アイシャちゃんは隠れてこっそりやるタイプじゃないと思うし、安心して大丈夫そうだ。

夜が明けて、朝になった。

私、昨晩じっくり考えてみたんだけど、今日は空を飛ぶ最終テストみたいなことをしてみることにした。

お昼までって終わりの時間だけを決めておいて、あとは行けるところまでひたすら箒で空を飛び続けてみる。そんな耐久テストをしてみようと思う。

そして、飛んだ先で見つけた街でお昼ご飯を食べる。お腹《なか》がいっぱいになったら、また箒を飛ばして家まで帰ってくる。

このテストを無難にこなすことができれば、「箒に乗って空を飛ぶこと」は合格でいいんじゃないかな。それでもし合格となったら、「天空都市に飛んで行く」っていうアイシャちゃんの卒業課題に本格着手しようって思ってる。

というわけで、朝ご飯を食べながらアイシャちゃんに「今日は遠くまで飛ぼうね」って伝えた。アイシャちゃんは凄く嬉しそうだった。

「カノン先生、どこまで飛ぶの？」

「決めてないよ。お昼までずっと飛んでみるつもり」

「うわ、凄く遠くまで行けそう」

「うん。きっと行けると思うよ」

支度を終えて外に出て、私たちは箒にまたがった。そして空へと上がる。

少し風があるけど晴れてるし良《い》い日だと思う。

「カノン先生、楽しい空の冒険になりそうね」

「そうだね。長時間の飛行になるから疲れたらちゃんと言ってね」

「分かったわ。スピードは出していい？」

「いいよ。思い切り遠くまで行ってみよう」

「やったー」

「ただ、飛んでる生き物には気をつけてよ」

「分かってるー」

私とアイシャちゃんはぐんぐん加速していった。

渡り鳥の群れがびっくりしていたね。それくらいに猛烈なスピードを出して、私たちはどこまでも飛んでいった。

2　ショーウインドウの向こう側

アイシャちゃんと一緒にぐんぐん空を飛んでいく。

いくつもの山を越え、平和そうに飛んでいるドラゴンを追い越し、雲に飛び込んでは抜けてを繰り返し続けた。

かなり爽快な空の旅だ。青い空をどこまでも飛んでいける気がした。

ただ、数時間も飛び続けると違う感想が徐々に湧いてくる。

ああ、しんどい――。空をずっと飛び続けるのって想像以上にしんどいみたいだ。

　自転車みたいにペダルをずっとこいでいるわけじゃないのに、飛べば飛ぶほどに体力がじわじわ削られていく感じがする。たぶん、風を思い切り身体に受け続けているからだと思う。

　お昼まで飛び続けようって決めたのは私なのに、そろそろ心が折れそうになってきている。

　アイシャちゃんを見てみると、ニコニコしながら右に行ったり左に行ったりと楽しそうに飛行を続けている。空の旅を凄く楽しんでる感じだね。

「アイシャちゃん、元気だねー」

　大きな声で聞いた。でないと私の声が風に流されてしまうから。

「うん。元気いっぱいだよー。だって飛ぶのって楽しいしー」

「若さだなー……」

「カノン先生って何歳なのー？」

「乙女の秘密だってばー」

「ふふふふふっ」

　アイシャちゃんが楽しそうに笑う。そして両脚を広げてブレーキをかけながら、私の隣にスイーッと寄ってきた。

「カノン先生、もう疲れちゃったの？」

「んーん、まだ大丈夫。ただ、スローライフ民に長距離飛行って大変だなーって思い始めたくらい」

「カノン先生って日頃ぜんぜん運動しないもんね……」

「運動しないのはアイシャちゃんもでしょ」

「それもそうだけど。あ、私、まだ疲れてはいないけどね、だいぶお腹が空《す》いてきちゃったかも」

「言われてみれば、私もお腹が空いてきちゃってるかも」

意識したらどんどん空腹を感じるようになってしまった。しんどさの原因はこれかな。思ったよりもカロリーを消費しちゃったのかもしれない。

お昼の時間がそろそろ近づいてきてはいるね。今日の空の旅はこのへんまでにしておこうかな。ムリをするのはよくないし。

「よし、アイシャちゃん。予定よりちょっとだけ早いけど、街を探そうか。お昼にしよう」

「分かったわ。このあたりに街、あるかなー」

二人で並んで飛びつつ、お互いに正反対の方向を見てみる。私は左、アイシャちゃんは右だ。

うーん、私の見た方向には街は一つもなさそうかな。

「アイシャちゃん、街はありそうー？」

「ないわー。もう少し先に行かないとダメかも？」

目をこらして進行方向のずっと先を見てみる。

「うーん……、この先はずっと森が続いてるね」

「本当に森ばっかりね。カノン先生の住んでるところみたい。ここに街、あるかなー。木が多くてちょっと分かりづらいかも」

「アイシャちゃん、街ってたいていは水場の近くにあるよ。だから川とか湖を先に見つけて、その近くを探してみるといいと思う」

「あ、川があったよ」

「どこどこ？　あ、本当だ」

アイシャちゃんが指差す先に長い川があった。森を真っ二つにするようにして流れている。その川に近づきつつ、ずっと先を見てみると——。

「カノン先生、あったよ。けっこう大きい街みたい」

「私も見つけた。なかなかおしゃれな街みたいだね」

「観光地かな。美味《おい》しいお店がいっぱいあるかも」

期待しながら箒を飛ばしてその街へと近づいていく。

かなり広い街だね。私がお世話になっているハミングホルンの街よりもだいぶ広いと思う。

アイシャちゃんと一緒に空から下りていく。ふわりと二人同時に街に降り立った。

改めて街の景観を見てみる。

「アイシャちゃん、凄く綺麗《きれい》な街だね」

そうねーって返事があった。

おしゃれな屋根の木造建築がずっと建ち並んでいる。絵になりそうな街だなって思った。あと、静かだし凄く住みやすそう。

「さて、アイシャちゃん、美味しそうなお店を探そうか。お昼は何を食べたい？」

「うーん……、ピザ……かなー。んー……、やっぱりすぐには決められないかも」

「じゃあ、お店を見ながら決めようか。って、あれー。この辺はぜんぜんお店がないじゃん。完全に住宅街の中だ」

「本当ね。空から下りてくる場所をちょっと失敗しちゃったね」

だねー。まあ知らない街に来たんだし、せっかくだから少し観光をしようか。

道を歩いている優しそうな女性に声をかけて、飲食店の多い場所を聞いた。ここから五分くらい歩いていくと商店街に入るんだそうだ。感謝を伝えてのんびりと歩いていく。

本当に五分くらいで商店街に入った。

さっきまでの住宅街は静かだったけど、この商店街はだいぶ賑《にぎ》やかだ。

もうお昼どきに入りそうな時間だし、みんなお昼ご飯を食べに商店街に出て来ているんだろうか。

賑やかな通りを歩いて行く。

ここにはおしゃれなお店がたくさん建ち並んでいるね。小物とか、服とか、バッグとか、珍しいものがいっぱいあって目移りしそう。これはお昼ご飯を食べたら少しショッピングしたいね。

……ん？　うあ、綺麗――。

つい、目を奪われてしまった。宝石店のショーウインドウだった。赤い宝石が私を誘うようにキラキラ輝いている。

「これ、なんていう宝石なんだろう」

私、この世界の宝石については疎いんだよね。前世の世界の宝石なら詳しいんだけど。

「……ひさしぶりに宝石を見ちゃったな」

こっちの世界に転生してからは宝石には興味を持たずに生きてきた。前世が宝飾関連企業勤めでの過労死だったから、自然と敬遠してたんだよね。

「やっぱり、宝石っていいなー」

キラキラした輝きに目を奪われてしまう。

この気持ち、長いこと忘れていたよ。やっぱり宝石って素敵だ。可愛《かわい》いし、綺麗だし、胸がときめく。私、やっぱり宝石のことが大好きみたい。

「また少しずつでも、宝石に関わってみてもいいかも」

宝石を見ても前世で辛《つら》かった仕事のこととかは思い出さないみたいだ。これならこの胸のときめきのままに、また宝石に関わっても大丈夫じゃないかな。

私ってもともとは宝石を身に付けたり、宝石の勉強をしたり、あるいはアクセサリーを作ったりするのが一番の趣味だったんだよね。そんな本当の私に、これから少しずつでも戻っていこうかなって思った。

って、しまった。宝石に目を奪われてすっかり足を止めてしまったよ。アイシャちゃんとはぐれてしまったかも。

アイシャちゃんはどこだろう。えーと……。

あー、いたいた。三つ先のお店の前にいた。……ん？　アイシャちゃんと同じ白い制服を着ている女の子がいるね。帽子までアイシャちゃんと一緒だ。アイシャちゃんはその子の後ろ姿を見ているようだ。

「あれー？　あなたはもしかして魔法学園の子？」

「え？」

アイシャちゃんがその白い制服の女の子に声をかけた。女の子が振り返ると、すぐに二人の目が合ったみたい。

「あ、イリスだー！」

「アイシャさん？」

私はアイシャちゃんに追い付こうと歩き出しつつ、相手の女の子を確認した。

長い髪の女の子だ。お嬢様みたいに丁寧に編み込んでいるね。とっても愛らしい瞳がチャームポイントかな。ちょっと背は小さいけれど、それがまた可愛らしい。

二人はふわーっと花が咲いたみたいに笑顔をほころばせている。二人の周囲が可愛い空間にどんどん変わっていってる感じがする。

二人で両手を合わせて指と指を絡めてぎゅっとした。アイシャちゃんがにこりとする。

「やっぱりイリスだよね。ひさしぶりー」

「ひさしぶりですね。でも、アイシャさん。なんでこの街にいるんですか？」

「卒業課題の一環で空をずーっと飛んできたんだよ。イリスは？」

「私はまだ卒業課題の弟子入りに行く道中ですが……。そちらの方がもしかして？」

「うん。私の自慢の先生だよ。カノン先生っていうの」

ニコッとしたら、もっと可愛いニコッが返ってきた。うわー、一〇代前半の可愛らしさには絶対に勝てそうにないや……。

「アイシャさん、あれからちゃんと弟子入りをされていたんですね。魔法学園の教室ではあんなに弟子入りなんてイヤだイヤだ面倒くさいって言っていましたのに」

「う……。その話はもういいじゃない」

へー、そうだったんだ。そういえば私のところに初めて来たときもイヤイヤな感じだったっけ。もはやあの頃が懐かしい。今ではすっかり私のところに馴染《なじ》んじゃってるし。

イリスちゃんがニコニコしている。

「アイシャさん、とてもいい先生にお会いできたんですね」

「うん。自慢の凄い先生よ」

イリスちゃんが私を向いて両手をきちんと揃《そろ》えた。自然と私も背筋を伸ばしてしまう。

「カノンさん、私、イリス・フレーズと申します。どうぞよろしくお願いしますね」

まあ、なんて可愛らしい子なんでしょう。私もちゃんと挨拶をしよう。

「私はカノン・ヒメミヤよ。イリスちゃん、こちらこそよろしくね」

「はい！」

……あれ？　笑顔をくれたけど表情が少し陰っている気がする。

イリスちゃんのどこかおかしい様子にアイシャちゃんも気がついたみたいだ。イリスちゃんの瞳を覗《のぞ》き込《こ》むようにしている。距離が近すぎたのか、イリスちゃんが戸惑った。

「ア、アイシャさん？」

「ねえ、イリス、もしかして何かあった？」

「え……」

「隠してもダメ。顔に出ちゃってるし」

イリスちゃんが一瞬、泣き出しそうな表情を見せた。でも、グッとこらえて平静を装った。そんな表情の変化を見せられたら、もう私は絶対に見過ごせないな。アイシャちゃんも私と同じ気持ちみたいだ。

「ねえ、教えて、イリス」

イリスちゃんの両肩に手を置いて、とても真剣な眼差《まなざ》しで聞いている。

イリスちゃんは覚悟を決めたみたいだ。

「実は……」

△

イリスちゃんの案内ですぐ近くの中古品店へとやってきた。かなり年季の入ったお店だ。少し暗い雰囲気があるだろうか。

店内を覗いてみると、白髪のおばあさんがカウンターの向こうからジロリとこちらを見た。ちょっと怖かったので私は目を逸《そ》らしてしまった。

「イリス、このお店がなんなの？」

アイシャちゃんが聞いた。

これなんですけど、とイリスちゃんがショーウインドウに視線を送った。そこにあったのは青いゴシックロリータ服を着たウサギのぬいぐるみだった。

凄く可愛いぬいぐるみだ。かなり大きくて八〇センチくらいあるかな。小さい女の子がこのぬいぐるみを抱きしめたら、きっと愛らしさが爆発すると思う。

アイシャちゃんがハッとして目を輝かせた。

「わあ〜、コーリスファミリーのキュートなうさちゃんじゃない」

「はい。そのファミリーの長女であるコットンちゃんのぬいぐるみですね。これ、シリーズの五百周年記念限定品で特別な衣装を着ているんですよ」

「へえー。限定品なんだ。コーリスファミラーが喜びそうだね」

コーリスファミラー……？　聞いてみたら、そう呼ばれているファンというかマニアな人たちがいるんだって。

私はよく知らなかったんだけど、このウサギは女の子たちの間では超有名なキャラクターなんだそうだ。みんなこのうさちゃんで遊んで育つんだって。アイシャちゃんも昔はたくさん持っていたんだそうだ。

「で？　イリスはこのコットンちゃんが欲しくて悩んでいたってこと？」

「いえ、欲しいといいますか……」

「あ、値段ね？　けっこうな値段がするよねー。でも、限定品だからしょうがないんじゃない？世界中にファンがたくさんいるんだし、どうしても高くなっちゃうよ」

たしかにいいお値段がする。若いお父さんのお給料だと三ヵ月分くらいはしそうなお値段だ。これはとても気軽に買える商品じゃない。人気シリーズの限定品だし、きっとけっこうな希少価値があるんだろうね。

「本当はこれ、私のなんです」

「「え？」」

私とアイシャちゃんの声がぴったりハモった。

「どういうこと、イリス？」

「少し前なんですけど、この街にモンスターが入ってきまして。それで私、逃げるときに人にぶつかってこのぬいぐるみを落としてしまったんです……。それからしばらく探していたんですけど、ずっと見つからなくて。ようやく見つけたときには、もうこのお店で売られていたんです……。たぶん落ちていたのを誰かが回収して、このお店に売ってしまったんだと思うんですけど……」

「なるほどね……。これって間違いなくイリスのもの？　絶対に間違いない？　同じぬいぐるみっていうだけで実は別の人のものっていうことはない？」

「間違いなく私のコットンちゃんです」

イリスちゃんがショーウインドウのぬいぐるみを指差した。

「コットンちゃんの左のほっぺに染みがありますよね。あれ、私が眠っているときに吸っちゃってついちゃった染みなんです。わりと何度も吸ってしまいまして……」

「本当だ。染みがある。糸もちょっとほつれちゃってるし……。つまり、イリスは学園の寮であのぬいぐるみを抱いて眠ってたってことね？」

「う……。ま、まあそうですね。あまり言いたくはなかったですけど。あの、このことはくれぐれも他の人たちにはご内密にお願いしますね？」

顔を赤くしながら念を押している。

「あはは、イリスは可愛いなー」

本当に可愛い。抱きしめたくなる可愛さだ。

イリスちゃんって、年齢的にはアイシャちゃんと同じくらいだよね。でも、まだぬいぐるみを抱きしめて眠っているんだね。可愛いなー。イリスちゃんって見た目がお人形さんみたいな女の子だし、きっとぬいぐるみを抱いて眠る姿はお姫様みたいでキュートだと思うな。

イリスちゃんがほっぺを桃色にして照れちゃっている。

でも、そんな可愛い表情に少しずつ陰が差してくる。イリスちゃんがとても残念そうにぬいぐるみを見た。

「このコットンちゃん、私のお父さんがプレゼントしてくれたものなんです。私が家を出て魔法学園に旅立つ日に、イリスが寮に入っても寂しくならないようにって高いお金を出して買ってくれて。だからどうしても取り戻したくて……。でも、このお値段ですから私にはどうにもならなくて……」

「それで暗い顔をして、一人でずっと悩んでたってことね」

「はい……」

「事情は分かったわ。ちょっと待ってて。私がお店の人に話をしてきてあげる」

アイシャちゃんがお店の中へと入っていく。

そして、イリスちゃんの事情をお店のおばあさんに伝えた。でも、ダメだった。おばあさんが苦虫を噛《か》み潰《つぶ》したような顔になってしまう。

「あたしは悪いことは何もしてないよ。悪いのは売り主じゃないか。そいつを捜して直接文句を言うんだね」

「じゃあ、売ったのは誰よ。教えて」

「知らないよ」

「それじゃあ、どうにもならないじゃない」

「なるさ。商品なんだ。買えばいいだけだろ？」

「とても学生に払える値段じゃないでしょ」

「そんなのあたしには関係ないよ。タダで譲ったらあたしが大損さ。なんのメリットもない話には絶対に乗らないよ」

「そんなことを言われても――」

「さあ、分かったらとっとと帰んな。あたしは考えることが多くて忙しいんだ」

おばあさんがそれ以上は会話をしないよって態度で横を向いてしまった。新聞を広げてアイシャちゃんを一切見ない。これはちょっとムリそうだね。

これが日本の中古品店だったとしたら、もう少しどうにかなっていたと思う。けど、この世界だとお店側がダメって言ったらもうどうにもならないよ。このお店だって商売でやってるんだから慈善活動的な大サービスなんてできないよね。

……でも、気のせいかな。あのおばあさん、ちょっとだけイライラしているような。何か心配事がある人の顔をしている気がする。まあ、深入りはできないけどね。完全に他人だし。

アイシャちゃんは諦めたみたいだ。

凄くがっかりしながらお店から出てきた。イリスちゃんもしょんぼり顔でアイシャちゃんを迎えている。

「アイシャさん、ごめんなさい。私の代わりに怒られてしまって」

「んーん。いいよ、これくらい。でも、困ったね。こんな大金は絶対に用意できないよね」

「どうひっくり返っても、私からはこんな大金なんて出てこないです……」

アイシャちゃんとイリスちゃんが二人して暗い顔になる。

ここが学生さんたちの限界かな。私ならお金に余裕があるからポーンと一括支払いで買えちゃうんだけど……。

それはあんまりしたくはないかなー。

学生さんたちには自分たちの力で困難を解決する力を養ってほしいし。……なーんて、先生みたいなことを思ってしまった。

「カノン先生～……」

アイシャちゃんがすがるような声を出した。

イリスちゃんも泣き出しそうな顔で私を見つめてくる。可愛い女の子たちに頼られるのってけっこう嬉しいことだね。ヒーロー気分だ。

私は彼女たちを受け止めてあげるような、そんな優しい表情を見せてあげた。そして、道を示してあげる。

「――お金。稼げばいいんじゃないかな？」

アイシャちゃんもイリスちゃんも難しい表情になる。

「あんな大金を稼ぐの？　私とイリスでアルバイトをしたとしても何ヵ月もかかっちゃいそうだけど……」

「私、アルバイトをしたことないです……」

「違う違う。アルバイトをするんじゃないよ。ほら、私たちって魔法を使えるでしょ？」

「もちろん私もイリスも使えるけど……」

「魔法を使えばさ、短時間でドーンと稼げると思わない？」

「どういうこと？　魔法でできる仕事なんてあるの？」

「あるある。ということで、みんなで行ってみようよ。この街のギルドに」

「ギルド？」

そう、ギルドだ。

イリスちゃんはさっき言っていた。この街にモンスターが入ってきて逃げることになったって。

ということはつまり、この街は冒険者が足りなくて周辺の森のモンスターを討伐しきれていない状況なんだと思う。それでモンスターが増え過ぎちゃって街に入ってきちゃったわけだ。

それならきっとギルドに行けば仕事がいっぱいあるんじゃないかな。私たちが稼げる可能性はじゅうぶんにあるはずだ。

「なるほどね。つまり、カノン先生の本業ってことね」

イリスちゃんが不安そうにする。

「え？　え？　これからモンスターと戦うってことですか。私、弱すぎてぜんぜん戦えないと思いますけど……」

「大丈夫よ、イリス。ここにほら、大天才の私がいるじゃない？」

アイシャちゃんが胸を張って頼もしい表情を見せた。それから私を見る。私のことを信頼している目だった。

「それにね、イリス。カノン先生は私よりももっともーっと凄いんだよ？」

「アイシャさんよりももっと凄いんですか……？　私、ぜんぜん想像がつかないです」

イリスちゃんが尊敬の眼差しをくれた。その瞳は、キラキラで凄く綺麗だった。

3　イリスちゃんと夜のお仕事

夕方――。ギルドの受付さんの案内で街外れの牧場へと歩いて来た。
受付さんは褐色肌の女性で髪型はドレッドヘア。トップスがビキニみたいで際どい格好だけど、それが凄く似合っている人だ。

私たちはこの受付さんに、「一日でお金をたくさん稼ぎたいです」って伝えてみたんだけど、そうしたら今回の仕事を紹介してくれたんだよね。

受付さんが改めて私たちに仕事内容を説明してくれるらしい。

「さて、あんたたちにお願いしたい仕事だけどね」

牧場を見渡す。ここはかなり広い牧場だ。敷地《しきち》がどこまであるのか、広すぎてちょっと分からないくらい。

「この牧場には見ての通り動物たちがたくさんいるんだ」

馬とか牛とか羊とかだ。みんな思い思いの場所で草を食べたり寝そべったりしてるね。

「その動物たちを狙って夜にモンスターが群れで襲いかかってくるんだ。あんたたちにはそのモンスターの群れをぜんぶ倒してもらいたいんだ。できそうかい？」

アイシャちゃんがすぐに難しい顔になった。

「え？　こんなに広い牧場をたった三人で守らないといけないの？　どう見ても人手が足りなそうだけど」

「大丈夫。広さに関しては問題ないよ。夜になったら牧場の動物は一ヵ所に集められるからね」

この牧場にいる動物たちは夜になると厩舎《きゅうしゃ》に入れられるんだそうだ。だから私たちは夜になったらその厩舎の前で待機すればいい。そして、襲いかかってくるモンスターをぜんぶ撃退すればいいんだって。

受付さんが辛そうにする。

「若いあんたたちに無茶な仕事を頼んでいるのはちゃんと分かってるよ。……本当だったら、この街の冒険者たちがしっかり牧場を守っていたんだけどね。でも、ここのところ日を追うごとにモンスターの数が増えてきてさ。昨日ついに冒険者たちの守備が崩壊して、みんなまとめて大怪我《おおけが》を負ってしまったんだ」

だから本当に困っていたらしい。今夜は受付さんが一人で剣を振るって牧場を守る覚悟だったんだそうだ。私としては、これはなんとかしてあげたいって気持ちになっている。とてもやる意義のある仕事だと思う。牧場も受付さんも凄く困っているだろうから。

「途方に暮れていたんだけど、あんたたちが仕事をやりたいって言ってきてくれて本当に感謝してるよ。期待しても大丈夫そうかい？」

アイシャちゃんが胸を張る。なんだかドヤ顔だ。

「大丈夫！　安心して。私たちが今夜モンスターをぜんぶ倒してみせるわ。だから大船に乗ったつもりでいるといいわ」

「あっはっは。本当にぜんぶ倒してくれたら助かるね」

「私、本当に倒せるんだけどな」

受付さんはアイシャちゃんの言葉を信じてなさそうだ。

まあ、しょうがない。初対面だと、アイシャちゃんってただの美少女な学生さんでしかないからね。ああ見えて凄い魔法を使えるって誰も思わないと思う。

受付さんが目を細めるようにして近くにいた馬を見た。なんだか大事そうに見つめてるね。私は感じたままに聞いてみた。

「動物、お好きなんですか？」

「好きというか、この牧場の動物たちってね、私もだけど街のみんなに凄く愛されてるんだ。小さい頃からよくここに遊びに来たもんだし、ここの美味しい牛乳でみんな育ってきたからね。だからここの動物に一頭でも被害が出てしまったら、私だけじゃなく街のみんなが悲しむんだよね」

ちなみにこの牧場がモンスター被害でピンチなのは街のみんなが知っているんだそうだ。

もしかしたらさっきの中古品店のおばあさんがイライラしていたのも、これのせいなのかもしれないね。

「特にあんたには期待してるからね」

受付さんが私に視線を送る。

私に期待してると言いつつ、けっこうバカにしている目じゃない？　活躍してくれればラッキーくらいの期待感に見えるんだけど。

まあ余所《よそ》から来た見知らぬ魔女だし、そんなものなのかな。

「あんたは森の聖女様……っていうんだっけ？」

「そう呼ばれていますね」

自分で名乗るのはちょっと恥ずかしいけども。

「森の聖女様が噂《うわさ》通りの凄い魔女ならさ、この森にいる悪いモンスターなんて一晩で駆逐してくれそうだが……」

「私の噂ってこんなに遠くの街にまで広がってるんですか？」

「ああ、私はよく聞くよ。ギルドって横の繋《つな》がりがけっこうあるんだ。それでよく森の聖女様の武勇伝を耳にしているね」

へえー、コリンちゃんが話してるのかな。私のことを話すコリンちゃんを想像したらちょっと可愛かった。

あれ、なぜかアイシャちゃんがドヤ顔だ。私の話が出たことが嬉しいみたい。

「カノン先生は絶対に噂以上よ。実力を見たらびっくりすると思うわ！」

「どうだかねぇ。魔女っていうのは良いのから悪いのまでピンキリだからねぇ」

「世界一の魔女って断言できるくらいの凄さなんだけど」

「私としては成果を出してから誇ってもらいたいかな」

正論なんだけど、どうもこの受付さんって魔女に対して抱いているイメージがあまりよくなさそうだ。この街にいる魔女があんまり性格がよくなかったりするのかも。

悪いイメージを覆せるように、私たちが頑張らないとね。

「モンスターは日没とともにやってくるよ。それまで少し待機にしようか。私はここの牧場主に挨拶してくるから。あんたたちは夜になるまで動物たちと遊んでな」

じゃあ後でね、と受付さんは後ろ向きに手を振って去って行った。

「なーんか印象の悪い受付さんだったなー」

「アイシャちゃん、それは仕方がないよ。私たちはこの街の人じゃないんだし、あの受付さんのギルドではなんの実績も出してないんだからね」

「それはそうだけど……。ちょっと悔しいかなー」

「悔しさがあるのなら、そのぶん仕事を頑張ろうよ。そうすればきっと認めてもらえるよ」

「うん……。頑張るけどさ」

アイシャちゃんはちょっと悔しそうだ。言いたい思いがいっぱいありそう。

「あと、アイシャちゃん。これは忘れないでね。この仕事の一番の目的はイリスちゃんのぬいぐるみの代金を稼ぐことだから」

「もちろん分かってるわ。イリス、一緒に頑張ろうね」

「え……」

イリスちゃんの反応がにぶかった。

イリスちゃん、けっこう怖がっているみたいだ。本人は気がついてなさそうだけど、かなり内股気味になってか弱い感じになってしまっている。あと、緊張しているみたい。

「私、戦うのは初めてですけど、せいいっぱい頑張りますね」

ちょっと心配だ。

イリスちゃんをこのままの状態でモンスターの前に出すのはかなり怖い。少しだけでも攻撃魔法の練習をしておくべきだと思う。

何事も準備は大事。いい準備ができてさえいれば、たとえ未経験の仕事でも何も怖くはない、はず……。

ということで、魔法のレッスンをして過ごすことにした。アイシャちゃんはノリノリでイリスちゃんにレクチャーしていた。

動物たちが厩舎に帰り始める。

夕焼け空が綺麗だ。夜が近づいて来てるね。

何頭かの馬が興味深そうに私たちに寄ってきた。イリスちゃんにレクチャーしているアイシャちゃんの魔法を見て、とても楽しそうにしていた。

△

アオーン、と森の奥から犬みたいな鳴き声が聞こえてきた。それと同時に完全に日没になったんじゃないかな。

森の空気が変わっていく。

夜の始まりを今か今かと待っていたモンスターたちが一斉に動き始めた気配がする。

昼を人間の時間とすると夜はモンスターたちの時間かな。ろくでもないモンスターたちが次々に活動を開始したと思う。

私たちは厩舎の前に集合した。ギルドの受付さんが私たちの表情を一人一人確認する。

「心の準備はできてるかい？　えーと、アイシャ、だっけ？」

「うん。もちろん大丈夫よ」

「そっちの子は？」

「わ、私も大丈夫です。頑張りますっ」

「森の聖女様は――、緊張してなさそうだね」

「はい。慣れっこですから」

私はいつもモンスターを倒しているからね。緊張感はまったくないよ。

「頼もしいじゃないか。よーしじゃあ、最終確認だ。報酬だけど、モンスターを倒した数に応じての支払いだからね。たくさん稼ぎたかったらできるだけたくさん倒すんだよ」

一匹あたりの報酬はそんなに高くないみたい。本当に頑張ってモンスターをいっぱい倒さないとね。

「気合を出せば、その子のぬいぐるみを買い戻せるくらいの額になると思うよ。だからめいっぱい頑張りな」

受付さんがイリスちゃんの背中をトンと軽く叩《たた》いた。イリスちゃんはちょっとびっくりしていた。

「は、はい。コットンちゃんのためにも頑張りますっ」

来た。森からモンスターがわらわらと出てきたよ。

四足歩行でのっしのっし強そうに歩いて来るね。赤い色のモンスターだ。けっこう大きくて、体長は成人男性くらいはありそうだ。

翼のないタイプのドラゴンだろうか。あるいは大きなトカゲか。どちらにしろ強そうだ。

「よーし、ついに来たわね」

アイシャちゃんがはりきっている。腕をぐるんぐるんする。準備運動かな。

「イリス、いくわよ。魔法少女の強さをモンスターたちに見せつけてあげよう！」

「あ、あわわわわっ。本当にモンスターがたくさんですね。おっきくて強そうです。私たちの魔法であの強そうなモンスターに勝てるのでしょうか」

「もちろんよ。余裕でやれると思うわ。さっき練習した通りに、せーので一緒にやるわよ」

「は、はい。一緒に魔法を撃つんですよね」

「そう。いくよ。せーの！」

「「【シューティングアロー】！」」

二人の声が揃った。

手の平から魔法の矢が飛び出す。その矢は光り輝く尾を引いて夜空を駆けるように何本も飛んでいった。夜に見るとかなり綺麗な魔法だね。

ちなみにあれは魔法学園で教えてもらえる戦闘用の魔法なんだそうだ。習得しやすいうえにけっこうな威力が出るんだって。

私のレパートリーには入ってなかった魔法だけど今度から使ってみようかな。けっこう綺麗で可愛い魔法だし。

その魔法の矢が、私たちに一番近づいて来ていた赤いモンスターに何本も突き刺さった。どう見ても致命傷だ。

「ワギャ――――――――――――ッ！」

断末魔の叫びがあがる。赤いモンスターがポンッと消滅した。

「やった。イリス、倒したよ！」

「やりましたね！　アイシャさんのおかげです！」

二人が胸のところでハイタッチしてきゃいきゃい喜ぶ。無垢《むく》な少女たちがじゃれていて、すっごく可愛い空気になった。

「さあ、どんどんいこう！」

「はい！　【シューティングアロー】！」

大丈夫そうだね。

二人が軽快に魔法の矢を放つたびに、どんどんモンスターが消滅していく。

「ヒュー。やるねー！　これが魔法の力なんだね。想像していたよりもずっと凄いよ！」

受付さんが感心してくれたみたいだ。

受付さんは剣を抜こうと構えていたけど、安心したのか柄《つか》から手を離した。アイシャちゃんとイリスちゃんを後ろから見守ることにしたみたいだ。

「あのモンスター、名前はレッドリザードっていうんだけどね。けっこう強いから冒険者だと中堅くらいにならないと倒せないんだ。そんな強いモンスターなのに、まさかあんなに若くて可愛らしい女の子たちがどんどん倒しちゃうなんてね。本当にびっくりしたよ」

アイシャちゃんがドヤ顔で振り返った。

「受付さーん、驚くのは後にとっておいて。カノン先生はもーっと凄いんだからねー！」

「それは楽しみだね。出番があれば、だけどね」

アイシャちゃんとイリスちゃんが軽快にモンスターを倒し続ける。ドロップ品が次々に飛んでくるね。

五匹倒した。一〇匹倒した。一五匹倒した――。

これは私の出番はなさそうかな……、って思ったけど、そう甘くはなかった。

森の中から空へ飛び上がる大きなモンスターがいた。

「イリス、森の奥から違うモンスターが出てきたよ！」

「は、はい。真っ黒すぎてよく見えないです」

イリスちゃんの言う通りだ。本当に黒い。そして大きい。私の背くらいはある大きな鷲《わし》のモンスターだ。

その鷲のモンスターたちが森から一斉に飛び上がった。鋭い目で私たちを睨《にら》み付《つ》けてくるし、月光を受けて爪がぎらついていた。

受付さんが説明してくれる。

「あれはダークイーグルだよ。素早い動きで獲物に迫って、ナイフみたいな爪で首を引き裂いてくる怖いモンスターだ。接近されたら終わりだよ。絶対に近づかれる前に倒すんだよ！」

二人が了解した。

「「【シューティングアロー】！」」

二人の魔法の矢が飛んでいく。

しかし、ダークイーグルは軽やかに空を舞って余裕で回避してしまった。

「アイシャさん、あの鷲のモンスター、凄く動きが素早いですよ！」

「なかなかやるわね。私が本気でもう一回狙ってみるわ。【シューティングアロー】！」

しかし、またも避《よ》けられてしまった。受付さんがすかさず剣を抜く。

「さすがにこれはダメそうだね。でも、ここまでよくやってくれたよ。期待以上の大活躍だ！」

私は受付さんの前に出た。

「大丈夫です。私がやりますよ」

「でも、空を飛ぶモンスターを一人で相手にするのは……。本当なら盾持ちとタッグになって倒すような相手だよ」

「私なら何も問題ないです」

「本当に？　期待してもいいのかい？」

「はい。仕事はしっかりやりますよ」

過労死しない程度にね。というわけで、スキル〈ホーミング〉発動。近づいてくるダークイーグルに照準を合わせるよ。

「カノン先生、やっちゃえー！」

「ええ、やっちゃうわ。悪いモンスターにはお仕置きが必要だからね！　さあ、いくわよ！　【ブレイクサンダー】！」

夜空から雷が落ちてくる。強い強い雷だ。強すぎてかなり眩《まぶ》しい。そして、雷鳴が轟《とどろ》きまくる。

ズガン！　ゴロゴロゴロゴロゴロー！

「ピギャ――――――――――――――――ッ！」

雷はダークイーグルにしっかり命中して、もちろん一発で仕留めることができた。ドロップ品が私の足下に飛んでくる。

受付さんを見てみたら目が飛び出そうなほどに驚いていた。そして顎が外れてしまいそうなほどに口を大きく開けている。

かなり面白い顔になってるね。びっくりと怖いが同居しているみたいな感じ。コメディっぽい顔になっちゃってるかも。

「ね？　何も問題なかったですよね？」

自慢の笑顔を送ってあげた。

受付さんは信じられないものを見たみたいな表情で私を見つめてくる。

「ちょ……、え？　はあ？」

それを言うのが精一杯みたいだね。それくらい衝撃的な威力の魔法だったみたいだ。

「じゃあ、どんどんいきますよ！　怖かったら目を瞑《つぶ》っててくださいね！」

「え……？　え……？　ええええ……？　これって現実にありえる威力なのかい？」

「ありえますよ。さあ、いきます！　【ブレイクサンダー】！　【ブレイクサンダー】！　【ブレイクサンダー】！」

「ギャ――――――――――ッ！」

「ウッギャ――――――――――ッ！」

「ワッギャ――――――――――――ッ！」

　あ、イリスちゃんも目を見開いちゃってるね。凄く驚いているみたいだ。イリスちゃんはお人形さんみたいに可愛いから驚いている顔もとても可愛いらしかった。

　イリスちゃんが青ざめた様子でアイシャちゃんに声をかける。

「あ、あの、アイシャさん……」

　震えるような声を絞り出してるね。

「カ、カノンさんってもしかして、魔法学園の先生たちよりも凄いんじゃ……？」

「うん。比べものにならないくらいに凄いよね！」

「で、ですよね。魔法学園の先生たちが束になっても敵《かな》わない気がします……」

「絶対にカノン先生の圧勝よ！」

「す、凄すぎです……」

「しかもね、カノン先生はなんとこの後に変身を何段階も残しているんだよっ」

「ゴクリ……、もはや凄すぎて想像が追い付かないですよ……」

「期待してて」

「はいっ」

　イリスちゃんが目を輝かせた。めちゃくちゃ期待されているみたい。

「いやいやいや、待って。残してないよ。変身なんて一つも残してないからね。イリスちゃん、アイシャちゃんの適当な話を信じちゃダメだよ」

私の声が聞こえているのかいないのか、イリスちゃんはキラキラした無垢な瞳で私を見つめ続けている。

って、あれー？　私の後ろの厩舎で馬とか牛とかが騒いでるね。なんでだろうか。モンスターは迫ってないんだけど。

あー、分かった。雷の音が怖かったんだ。じゃあ、魔法を変えようかな。

「【フレアストライク】！」

夜空がカッと燃えるように真っ赤に染まった。その真っ赤な空から熱線が高速で飛んでいく。

「グギャ――――――――――――――――ッ！」

「うん。この魔法なら誰も怖くないね」

イリスちゃんはなんか怖がってるけど。

「ま、魔王が出てきそうな空になってしまいました……」

「ちょっと、イリス？　これ、聖女様の魔法だからね？」

「血のように真っ赤な色の空ですけど」

「それでも聖女様の魔法だよ？」

「【フレアストライク】！　【フレアストライク】！　【フレアストライク】！　調子でてきたし、残りは私がぜんぶやっちゃうねー！」

モンスターを次々に蹴散らしていく。

せっかく遠い街まで来たのに、私ってけっきょく夜のモンスターを倒しまくってるね。なんかこういう運命なのかもしれないね。

「【フレアストライク】！」

それから三〇分間、私は森から出てくるモンスターをどんどん倒しまくった。

そして、静かな夜が戻ってくる。

この牧場の治安を完全に取り戻すことに成功した。

高威力の魔法を何百発も目の当たりにしたイリスちゃんが呆然《ぼうぜん》としている。アイシャちゃんがツンツンってすると正気を取り戻したようにハッとしていた。

イリスちゃんが改めて可愛い表情で尊敬の眼差しをくれた。

「カ、カノンさん、とても凄いです！　尊敬します！　今まで出会ったどんな魔女さんたちよりもずっと、ずーっとかっこよかったです！」

うわー、可愛い女の子に尊敬してもらえるのは嬉しいね。かっこいいなんて言ってもらえて幸せを感じちゃってるよ。

「イリスちゃん、ありがとう。私、ちょっと照れちゃってるかも」

ほっぺが熱い。だって、凄く嬉しかったから。

受付さんを見てみる。

イリスちゃんよりももっと私を尊敬している感じがする。私と目が合うとハッとして口を大きく開けて笑いだした。

「あはははっ、あはははっ、あっはっはっは！」

なぜか私の肩をバシバシ叩いてくる。かなり強い力だ。凄く痛い。さすがは剣を持ってモンスターと戦おうとしていたたくましい女性だ。

「森の聖女様、もの凄いじゃないか！　噂通り、いや、絶対にそれ以上だよ。尊敬するなんてものじゃないよ！　いっそあがめたいくらいだ！」

「ど、どうも」

「森の聖女様は本当に聖女様だったんだね。いやー、最高の魔法ショーだったよ。凄かったー。心の底から感動したよ。私、森の聖女様と一緒に仕事ができたこと、一生の誇りにするよ。さっきは実力を疑って本当に悪かったね。あれは完全に私が悪かったし、態度も凄く失礼だった。どうか謝罪させてほしい」

「いえ、そんなのぜんぜん大丈夫ですよ。私は一つも気にしてないですから」

「森の聖女様は器まで大きいんだね」

「そんなことよりも、仕事が無事に終わったことを喜びましょうよ」

「ああ、そうだね。その通りだ。おかげで牧場を守りきることができたよ。期待以上の成果だ。三人とも、本当にありがとう！」

心からの感謝の言葉だった。

受付さんの表情にもはっきりと感謝の気持ちが窺《うかが》える。だから私もアイシャちゃんもイリスちゃんも、みんな誇らしい気持ちになれた。

「これでやっと牧場主にいい報告ができるよ。街のみんなだって絶対に大喜びしてくれる。本当に、本当にありがとう！　あんたたち三人はこの街の英雄だよ！」

本当に凄く感謝してもらえた。

いっぱい褒めてもらえたし、尊敬だってしてもらえた。凄く嬉しい気持ちになれた。

あと、牧場主とご家族からたくさんのお礼の言葉をもらえた。みんな本当に嬉しそうだった。

街に戻って晩ご飯を食べて、宿のベッドに入る。

私、すっごく幸せな気持ちでぐっすり眠れた。

前世ではいい仕事をしても感謝なんてしてもらえなかったな、なんて思い出した。いい仕事ができると、本当はこんなにも嬉しい気持ちになれちゃうんだね。

４　中古品店のおばあさん

朝になった。私たちは宿の近くのカフェでモーニングをとっている。

クロワッサンとカプチーノがとっても美味しいね。私はすっごく満足しているんだけど……。でも、アイシャちゃんとイリスちゃんが浮かない顔をしている。

「アイシャさん、何度数えても足りませんね……」

「うん、イリス。どう数えてもちょっとだけだけど足りないよね……」

二人ともテーブルの上に出しているお金とにらめっこ中だ。

「昨日、あんなに頑張って働きましたのに……」

「しょうがないことなんだけどね……。ギルドの仕事の報酬って、どうしても仕事の依頼者のふところ事情が関係してきちゃうから」

「そうなんですね……。仕事の依頼者がもしもあの大きな牧場だったなら、今回の報酬額は変わってきたんでしょうか」

「うーん、それは言ってもしょうがないからなー」

昨晩の仕事の依頼者だけど、あの牧場じゃなくてその親族が経営している小さな個人商店だったんだって。小さな個人商店じゃあ、ドーンと莫大《ばくだい》なお金を気前よく出せたりはしないよね。

そういう事情もあって昨日の報酬額が思ったよりも少なかったんだよね。

もちろん大金は手に入ったんだけど、イリスちゃんの大事なぬいぐるみを買い戻すにはちょっと足りていない額だった。

惜しいところまでは稼げたんだけどね。ぬいぐるみの値段の九割くらいかな。お金になりそうなドロップ品をぜんぶ売ってもその額しか稼げなかったんだ。

「こういうときどうしたらいいんでしょう……」

イリスちゃんがどんどん暗い顔になっていく。大事なぬいぐるみを買い戻せると思ったら足りなかったんだから、それはもう凄くショックだろうね。

励ますようにアイシャちゃんが明るい表情になった。

「よし、イリス。今日また別の仕事をやろうよ。いくつかこなせば必要な金額を稼げるでしょ」

「え、また手伝ってくれるんですか？」

「もちろん私は手伝うよ。だってイリスのことが心配だもん。カノン先生は？　いいよね？」

カプチーノを飲みながら考える。

エスプレッソとミルクの味わいが私の喉と胃を満たしていく。ああ、美味しい。

……今日、働くかどうかか。

うーむ、たしかにアイシャちゃんの言う通りなんだよね。もうちょっとだけ働けば無事に解決だ。

でも、ちょっとそれは面倒くさいかな。なにせ私って本来はスローライフを生業《なりわい》にする人間だからね。昨晩、大変なお仕事をしっかりとこなしたのに、今日も朝からせっせと働くのはいかがなものだろうか。スローライフ精神に反する気がする。

私はカップをゆっくりと置いた。

考えはまとまった。今日、働くのはやっぱりよそう。

「働くのはなしかな」

「え、イリスのぬいぐるみはどうするの？　諦めちゃうの？」

「んーん。とりあえずさ、あの中古品店に行ってみるべきじゃない？」

「お金が足りてないのに？」

「うん。だって中古品店でしょ？　値段交渉の余地があるよ、きっと」

「えー、私、苦手」

アイシャちゃんは見るからに育ちがいいもんね。値切り交渉なんてしたことがないんだと思う。

「私もやったことがないです」

イリスちゃんもイリスちゃんで大事に育てられてきたのがはっきりと分かる。

二人の可愛い女の子の期待が私に集まってしまった。

う……、た、たしかに私の育ちは庶民だし値段交渉の言い出しっぺだけどもさ……。私は私で日本生まれの日本育ちだからなー。値段交渉の経験なんて一回もないよ。

昔、フリーマーケットに行ったときに値段交渉をする機会はあるにはあったけどね。あのときはお父さんが全部やってくれたからなー。

こっちの世界に転生してからだって値段交渉の機会はぜんぜんなかった。だから自信なんて一つもないよ。

「大丈夫。三人でやれば何も怖くないでしょ」

一人でぜんぶ背負い込むのはやめにした。経験のないもの同士、みんなで頑張ろう。アイシャちゃんが頷《うなず》いた。

「つまり、当たって砕けてみる感じね」

「アイシャさん、砕けちゃったらダメだと思いますけど」

「イリスちゃんの言う通りよ。当たって砕けるのは相手……というか、折れてもらいましょう」

「そうね。じゃあ、さっそく行く?」

ええ、行きましょう、と言って私はカプチーノの最後の一口を飲み干した。

イリスちゃんの大事なぬいぐるみをお迎えに行くために、私たちはカフェを後にして中古品店へと向かう。

あの中古品店のおばあさんは気難しそうだったよね。気合を入れていかないとね。凄く頑張ろうと思う。

「あれは……、ギルドの受付さんがいますね」

あ、本当だ。中古品店からギルドの受付さんが出てきた。買い物だろうか。それとも仕事だろうか。

受付さんが私たちに気がついてくれた。わりと可愛い感じに手を振ってくれる。

「おはよう！　昨日はどうもありがとうー。街のみんなも大喜びしてくれてるよ」

受付さんは一番に私に言ってくれているみたいだった。だから私が代表して返答をする。

「いえ、こちらこそありがとうございます。街のみなさんにももう伝わってるんですか？」

「もちろん。みんな心配してたからね。あの牧場はこの街みんなの誇りなんだ。たとえばほら、この街の有名な名物料理だってあの牧場のミルクとかを使った――」

受付さんがハッとして言葉を止めた。

「あー、そういえば、あんたたちはこの街にふらりと寄っただけだったっけ？」

「ですね。たまたま寄っただけです」

「それだと知らないかもしれないけどさ、この街のミルクレープとステーキは絶品だよ。ここらの地方で一番の名物料理にもなってるんだ。もしまだ食べてないのなら絶対に食べていってほしいな。本当に美味しいからね」

お勧めのお店を教えてもらえた。

受付さんはこの街でかなり顔がきくらしく、お勧めのお店に話を通しておいてくれるそうだ。いっぱい割引してくれるんだとか。これは絶対に食べに行かないとね。

「じゃあ、またね。いつかまた一緒に仕事をしようね」

「はい。いつかまたきっと」

受付さんがニコニコしながら手を振って去って行った。

出会ったときはもっとツンツンした感じの難しい人だと思っていたけど、まさかあんなに明るい人だったとはね。

もしかしたら牧場を守る仕事が上手くいかなくて、ずっとイライラしていただけだったのかもね。

あれ、何か視線を感じるぞ。

中古品店のおばあさんが私たちを見ているようだ。お店の前で話し込んじゃってたから迷惑だったかも。

じゃあ、そろそろお店に入ろうか。

「よーし、アイシャちゃん、イリスちゃん、覚悟はいい？」

「決戦ね！」

「が、頑張ります！」

私が先頭でお店に入って行く。後ろにアイシャちゃんとイリスちゃんが続く。

「こんにちは」

「いらっしゃい」

あれ、昨日よりもずいぶん温和な表情と声だ。

「あのぬいぐるみかい？」

「はい。お金を用意してきたんですけど――」

私は値札よりも一割安い金額を口にした。

「この値段で売ってもらえないでしょうか」

「そんなケチケチしたことなんて誰がするかい」

不快そうな顔をされてしまった。

えぇぇ……、これはまさか値段交渉の余地はなし？　き、厳しい。こうなったら私がお金を足すしかない？　い、いやでも、値切るのに失敗したからって私がお金を払うのはなんだか違う気がする。

だって、イリスちゃんになるべく自分の力で乗り越えてほしかったから、わざわざクエストを受けてまでお金を稼いできたんだよ。私は若い子たちに道を示すしサポートもするけど、お金を出して甘やかすようなことはあんまりしたくなくて……。

はあ……、じゃあまた仕事をするしかないじゃん。イヤだなー。二日連続で働きたくない。過労になってしまうよ。

「ちょっと待ってな」

おばあさんが立ち上がった。カウンターを出て店の出入り口へと向かう。あれ、違った。ショーウインドウの手前に行ったんだね。そして、ぬいぐるみを丁寧に抱っこして戻ってくる。

「ほら、持っていきな」

イリスちゃんを優しく温かな眼差しで見ながらぬいぐるみを手渡した。

イリスちゃんが凄く嬉しそうにぬいぐるみを抱っこした。あ、可愛い。ぬいぐるみがよく似合う子だ。

「あれ？　あの、お金は……？」

「いらないよ」

「え？　え？」

「すまなかったね。盗品を高額で売りつけるような真似《まね》をしてしまってさ」

つまり、無料で譲ってくれるってこと？

「え、でもそれだと、このお店が大損をするんじゃ……？　決して安い物ではないですし……」

おばあさんがにこりとした。そして、私の手を握る。

しわしわだけど温かな手だった。このおばあさん、絶対に優しい人だ。

「ギルドの受付さんについさっき教えてもらったよ。あの牧場を救ってくれた魔女っていうのはあんたたちのことだろ？」

「そうですけど。……あれ？　もしかして牧場を守るあの仕事の依頼者っていうのは」

「あたしだね」

おばあさんが本当に嬉しそうにしてくれた。

「ありがとね。あの牧場にはね、あたしの娘が嫁いでるんだよ。もうダメかと思ってずっと辛い思いでいたんだけどね。まさか救ってくれる人が現れるだなんて夢にも思わなかった。あんたたちはまさしく救世主様だ。本当に感謝しかないよ。だから、そのぬいぐるみはあたしの感謝の気持ちだと思ってどうか受け取ってほしいんだ」

おばあさんがどれだけ大きく感謝してくれているのか、とても伝わってきたよ。本当に心の底から感謝している気持ちを感じた。

だから私は凄く嬉しくて誇らしい気持ちになれた。アイシャちゃんとイリスちゃんも同じ気持ちになっていると思う。

あの仕事を頑張ってよかった。本当によかったって気持ちになれた。

ありがとうございます、ってみんなで言ったら、「お礼を言うのはこっちだよ」っておばあさんは笑った。

明るい気持ちでお店を後にする。

アイシャちゃんが私たちみんなの気持ちを代弁してくれる。

「なんだ。凄くいい人だったんじゃない」

そうね、と私もイリスちゃんも大きく頷いた。

「あの、カノンさん。稼いだお金はどうしましょう。けっきょく使わないことになりましたけど」

「イリスちゃんがそのままもらっちゃっていいよ」

「え、でもこんな高額……」

「いいからいいから」

だってイリスちゃんは、これから卒業課題のために魔女の先生のところまで一人で行かないといけないからね。その先生がいる街はまだここからけっこう遠い。馬車に何回か乗るし、宿泊代だってかかる。それに今回みたいなイレギュラーな事態が起こるかもしれない。だからお金はたくさん持っておくに越したことはないと思うんだ。

イリスちゃんはかなり遠慮したけど、私が大人パワーで押し切った。

「これで一件落着だね。さーて、この後はどうしようか」

このまま解散なのはあまりにもなごり惜しい気がする。

「カノン先生、そんなの決まってるじゃない？」

「というと？」

「イリスは分かるよね？」

「はい。ミルクレープとステーキを食べに行きたいです！」

「あ、たしかにそうだね。じゃあお昼までショッピングでもして、お昼になったらみんなでご飯を食べに行こうか」

さっきギルドの受付さんが紹介してくれたお店にしようと思う。安くしてくれるみたいだし、絶対に美味しいお店を紹介してくれたと思うから。

というわけでまずは三人できゃいきゃい言いながらショッピングを楽しんだ。

その間ずっとイリスちゃんは大事そうにぬいぐるみを抱っこしていた。本当に大事なぬいぐるみだったんだね。ぬいぐるみの方も嬉しそうにしているように私には見えてしまったよ。

お昼にはもちろんステーキとミルクレープを食べた。

絶品だった。五年後でも一〇年後でも忘れられないような美味しさがあったと思う。

さすが街の名物だね。またいつか、このお店に絶対に食べに来たいなって思ったよ。


「それではカノンさん、アイシャさん、本当にお世話になりました」

イリスちゃんがぺこりと丁寧にお辞儀をする。

私たちと別れの挨拶をすませると、イリスちゃんはぬいぐるみと一緒に手を振って馬車へと乗り込んでいった。

イリスちゃんとの別れはちょっと寂しいものがある。短い間だったけど凄く仲良くなれたし。

私たちは馬車が見えなくなるまでずっとイリスちゃんを見送った。

気がついたら停車場に私とアイシャちゃんだけがぽつんと残っていた。

「さて、アイシャちゃん」

アイシャちゃんはぼんやりと馬車の走って行った先を見つめている。

「そろそろ家に帰ろっか」

「そうね。ねえ、カノン先生、私ね、たった一晩だけなのに大冒険をしちゃった気分になってるわ」

「私もそんな感じだよ。頑張った分、帰ったらしばらくはスローライフに興じたい気分かな」

「カノン先生らしいなー」

私とアイシャちゃんは箒に乗って空へと飛び上がった。たぶん夕方くらいには家に帰れるかな。

なんて思ったけど甘かった。

家に帰り着いたのは夜だった。

つ、疲れたー。ずーっと向かい風だったからスピードがぜんぜん出なかった。あと、体力が凄く削られた。

まあ、本来の目的は長距離の飛行訓練だったんだし、いい勉強にはなったと思う。向かい風は凄くしんどいってことが分かったよ。


それから一週間が経過した——。

私の家に一通の手紙が届いた。この家に手紙だなんて珍しいこともあるもんだね。なんて思ったらイリスちゃんからの手紙だった。

さっそく開封してアイシャちゃんが読む。

「カノン先生、イリスが無事に魔女の先生のところに着いたんだって」

それはよかった。安心した。

「これでやっとイリスの卒業課題が始まるんだねー」

いろいろあったし、アイシャちゃんよりだいぶ遅れてのスタートだね。イリスちゃん、頑張るんだよ。

アイシャちゃんはまだ何か読んでるね。けっこうな長文みたいだ。

「他には何か書いてる？」

「うん。魔女の先生のところに先輩の弟子がいるんだって。その人は弟子入りしてから一〇年も卒業できてないみたいだよ」

「じゅ、一〇年……？」

一〇年って。えぇぇぇ……。魔女ってそんなに長いあいだ弟子の面倒を見るものなの……？　その魔女さん、偉いなー……。私にはちょっとムリかも。

「ま、まさかそれってさ、アイシャちゃんの未来の姿じゃないよね？」

「まさか。私は絶対に一〇年もかからないよ。だって、大天才だもん。きっと他の人よりも凄く早く卒業できると思うよ」

あれ、なんだかアイシャちゃんが少し寂しそうにした気がする。気のせいだろうか。

……アイシャちゃんは人よりも凄く早く卒業する、か。私としても寂しい気はするね。仲良くなっちゃったし。

たしか卒業するためには、卒業課題の達成に加えて学園長の総合判断が必要なんだっけ。実際どのくらいの期間で卒業するものなんだろうか。あと三ヵ月か、一年か、五年か、あるいは一〇年かは分からないけど――。

「アイシャちゃん、卒業までどれくらいかは分からないけどさ。私と一緒にずっと楽しくやっていこうね」

「うん！　よろしくね」

アイシャちゃんが笑顔を見せてくれた。

第6章　となり街の同業者さん

1　天空都市の場所

イリスちゃんの手紙を読んでから数日が経《た》った。

特に何事もなく平和な毎日を過ごせているよ。とても充実した時間を送れていると思う。たとえば甘いスイーツを堪能《たんのう》したりとか、だらだらソファで横になって過ごしたりとか――。

あとそうだ。私、アイシャちゃんに新しい魔法を教えてあげたりもしたよ。使って楽しそうな派手めなやつを教えてあげたんだ。

私は魔法理論を教えてあげることはできないけど、アイシャちゃんには【アナライズ】があるからね。自分で魔法を解析して研究できちゃうんだよね。

アイシャちゃんは新しい魔法を習得して嬉《うれ》しそうだったな。

あとアイシャちゃんはコリンちゃんと一緒に遊びに行ったりしてたっけ。アイシャちゃんとコリンちゃんはすっかり仲良くなったみたい。アイシャちゃんに年の近い友達ができて、私はちょっと嬉しかったな。

あの二人はずっと仲良くしてくれるといいなって思いながら、私はゆっくりとカップをテーブルに置いた。朝ご飯の後に淹《い》れたレモンティーを飲み干してしまったな。

ソファに深く腰掛けて背もたれに体重を預ける。

このあいだ長距離飛行をしてから、空を飛ぶ練習をさらにたくさん積んだ。だからもうそろそろ大丈夫だよね。空の長い旅に出ても――。

キッチンの方を見てみる。アイシャちゃんは朝ご飯の食器を片付けてくれている。

あんまりのんびりしすぎるとアイシャちゃんは退屈しちゃうよね。だからこれからしばらく、アイシャちゃんのためにも頑張ってみようかなって思う。

アイシャちゃんが私のいるリビングへと戻ってくる。

「お片付けありがとう～」

アイシャちゃんが可愛《かわい》いドヤ顔を見せてくれた。

「ふっふーん。これくらいなんてことないわよ。本当はお料理も任せてくれて大丈夫なんだけど」

「うーん、それはまだちょっと早いかなー」

だって、私の胃袋が悲鳴をあげそうだからね。前にアイシャちゃんがお料理をしてくれたときは真っ黒焦げの朝ご飯を出されたよね。いやー、あれは食べ物って呼んでいいものじゃなかった。とても今のアイシャちゃんにはお料理を任せられないな。

でもアイシャちゃんは不満そうだ。変に粘られる前に話題を変えてしまおうか。

「よし、それじゃあ今日の授業を始めようか」

「うん。今日も箒《ほうき》の練習をする感じ？」

「んー、箒に乗って空を飛ぶのはもう慣れちゃったんじゃない？」

「慣れたというか、もはやプロ級になれたと思うわ」

「でしょ。だからいよいよ天空都市へ行こうと思うの」

アイシャちゃんの表情が輝いた。嬉しさが爆発したって感じだ。

「やったー。ついに天空都市に行くのね！」

ばんざーいってする。

「でもね、天空都市がどこにあるのか分からないんだよね。ここから遠いのかな。アイシャちゃんは分かる？」

「え、カノン先生が知ってるんじゃないの？」

「私、この森から出たことはほとんどないんだけど」

「うわー……」

うわーって言われてしまった。

「カノン先生って本当に謎だらけの人よね……。魔法に関しては常識はずれに凄《すご》いのに、世の中のことはあんまり知らない。それが不思議でたまらないわ」

「でもね、アイシャちゃん。謎があった方がより魅力的ないい女になれるんだよ」

「んー、カノン先生は謎のあるいい女ってタイプじゃないと思うんだけど」

「え、じゃあどういうタイプ？」

「浮世離れした大天才って感じかな」

がーん……、私に大人の女性の色香はないってことか……。

まあでも、考えてみれば前世でも色香には乏しかったっけ。転生したとはいえ、私って人間はそんなものなのかもしれないね。

「しかし、いきなり手詰まりだね。アイシャちゃん的には天空都市に行くにはどうしたらいいと思う？」

「私的には……。そうね、天空都市の場所を知っている人を探すしかないと思うわ」

「あ、それいいじゃん。じゃあ、今日は天空都市の場所を知ってそうな人を探しに行こうか」

「つまり、ハミングホルンの街に行くの？」

「そう。きっと誰かが知ってるでしょ」

というわけで私たちは森を歩いてハミングホルンの街へとやって来た。

でも、期待はずれだった。

知り合いに天空都市の場所を聞いてみたけど誰も知らなかった。ていうかみんなだいたい同じ反応なんだよね。「天空都市っておとぎ話じゃないの」って逆に聞かれてしまう。

ギルドに行って受付のコリンちゃんにも聞いてみた。

でも、コリンちゃんも不思議そうに首を傾《かし》げてしまうばかりだった。

「え？　天空都市？　ですか？　現実にあるんですか？　物語じゃなくて？」

「コリンちゃんでも知らないかー……」

「カノン先生、仕方ないよ。天空都市は空を飛べる人しか行けないんだから」

確かにアイシャちゃんの言う通りだ。

普通は空を飛べないんだから、街の人たちが誰も天空都市のことを知らなくてもそれは当然のことだよね。

天空都市って知る人ぞ知るレアな感じなのかもね。きっとその場所を探すところからが卒業課題なんだと思う。

「なるほど……。これは困ったね」

三人でうーんと腕を組んで悩む。

「あ、そうだ」

コリンちゃんが一番初めに何かを思いついたみたいだ。

「聖女様の同業の人に聞いてみたらいいんじゃないですか？」

「というと？」

「北にあるポップチェンバロの街に魔女さんがいるんですよ。薬を作るのが得意な人で、たまに私、お仕事のお願いに行くんです」

へえー、初耳だ。ポップチェンバロはとなり街だけど、そんな近場に魔女さんがいたんだね。

「その魔女さんなら、もしかしたら天空都市に行ったことがあるかもしれません。箒に乗って空を飛んでいるのを見たことがありますし」

それはたしかに天空都市の場所を知っている可能性が高そうだ。

「ありがとう、コリンちゃん。これからアイシャちゃんとその魔女さんを訪ねてみるよ」

「はいっ。見つかるといいですね、天空都市」

コリンちゃんにお礼を言ってギルドを出た。

私とアイシャちゃんはポップチェンバロの街へと向かう前に、ハミングホルンの街で美味《おい》しいお菓子を買っておいた。

このお菓子はこれから会いに行く魔女さんへの手土産だ。初対面の人だし失礼がないようにしないとだからね。

普通なら馬車に乗って二時間くらいの距離だけど、私たちは箒で飛んだからあっという間にポップチェンバロの街に着くことができた。

私たちって馬よりも速いんだね。宅配便の仕事をしたらかなり儲《もう》かりそう。まあ、やらないけどね。私がやりたいのは労働じゃなくてスローライフだから。

2　ポップチェンバロの魔女

箒に乗ってポップチェンバロの街へとやってきた。

私が日頃お世話になっているハミングホルンの街よりもかなり賑《にぎ》やかなところだね。建物は明るい色合いの木造建築ばかり。スローライフができそうな雰囲気はあんまり感じないかも。

ギルドのコリンちゃんに目的のお店の場所は聞いている。街の中央の役所から西に五分ほど歩いたところだそうだ。壁を緑色に塗ったお店がそうらしい。

「魔女のお店キャットステップ。アイシャちゃん、きっとここがそうよね」

「そうね。とってもおしゃれなお店ね」

看板が猫の顔の形をしている。特注なのか屋根まで猫耳みたいになっている。猫推しの店長さんなのは間違いないと思う。

ドアを押して店内へと入った。

独特な甘い薬品の香りが出迎えてくれた。ニャーと可愛い黒猫が挨拶をしてくれる。もしかしてあなたが魔女さん？　そんなわけないか。

店内は明るくておしゃれだ。テーブルとか棚には薬とか液体がセンスよく瓶詰めされて並べられていた。

魔女って魔法を使うだけじゃなくて、こういうのを作る仕事もするんだね。

「いらっしゃいませー！」

おや？　とっても明るい女の子が出てきたぞ？　頭には猫耳の付いたカチューシャ。猫の手を模した大きな手袋をつけているね。首には猫用っぽい首輪。ショートパンツには猫しっぽのアクセサリーまで付けていた。

このお店のお子さんだろうか。可愛らしい女の子だね。このお店の魔女さんはいるかな。

「あの、ちょっとお尋ねしたいのですが」

「もしかして初めてのお客様かなっ？」

うわー、元気な子だ。スローライフを送ることをモットーとする私とは相性が悪いかも。エネルギッシュなオーラをビンビン感じるよ。

「このお店の魔女さんに聞きたいことがあるんですけど……。あなたはこのお店の娘さんですか？」

きょとんとされてしまった。アイシャちゃんが何やら慌て始めたんだけど。

「カノン先生、違う違う。この人がそうよ」

「は？」

女の子が横ピースでウインクをした。なにそれ。可愛すぎて逆にちょっと痛いかも。

「このお店の魔女がその人ってこと。どう見ても長命種族じゃない。見た目は子供でも、ちゃんと大人の女性よ」

「え、そうなの？　それってどう見分けるの？」

「見分けるも何も、見たらすぐに長命種族だって分かるでしょ？」

「え？　え？　私、分からないわ。ええと、すみません、あなたがここの店主の魔女さんですか？」

「そうだよっ。私が店主のリルル・ファンシーキャットだよっ。きっとあなたよりも年上だよー」

マジかー。アイシャちゃんよりも二つ下くらいの年齢の子にしか見えなかった。この人は長命種族で成長が遅いタイプなんだね。いや、もしかしたらこれ以上は老化をしないタイプかも。

魔女さんがにこりとする。

「あなたたちのお名前を聞いてもいいかなっ？」

「はい。私はハミングホルンの街の魔女、カノン・ヒメミヤです」

「私はカノン先生の弟子。魔法学園ワンダーランドの魔法少女で名前はアイシャ・ウィグ・リーナよ。よろしくね」

「カノンちゃんとアイシャちゃんね。ていうか凄く気になってるんだけど、カノンちゃんってもしかしてあの有名な森の聖女様？」

「そう言われてますけど……、有名なんですか？」

「うん、超有名！　国で一番強くてどこに行っても無双できる強さがあるのに、信じられないくらいの人間嫌いだから森の一軒家にひきこもり続けている偏屈さんだって聞いてるよっ」

私ってそんなふうに思われてたんだ。ショックだ。

「私は偏屈じゃなくてスローライフを楽しんでるだけなんですけど」

「スローライフを楽しんでる人があんなモンスターだらけの森に一人で住むかなあ。夜とか落ち着いて眠れなそうなんだけど」

「あ、モンスターなら毎晩おとなしくさせてますので大丈夫です。毎晩ぐっすりですよ」

「噂《うわさ》通りだっ。さすがは森の聖女様だね。で、私に聞きたいことっていうのは？」

「アイシャちゃんの課題でどうしても天空都市に行かないといけなくて。でも、天空都市の場所がぜんぜん分からないんです。もし知っていたら教えて頂けないでしょうか？」

「あー、それ、魔法学園の課題っぽいなー。でも、天空都市に行け、なんて難しい課題を出されるのは優秀な証拠だよ。アイシャちゃんは凄いんだねっ」

アイシャちゃんはえっへんと薄い胸を張った。

「私は大天才の魔法少女だからね。難しい課題が出るのは当然よ」

「しっかりお勉強を頑張ったんだねっ。偉い偉いっ。でもごめんねー。私、天空都市には行ったことはあるんだけど、場所は知らないんだよねー」

え、どういうこと……？

「行ったことがあるのに場所は分からないんですか？」

「うん、だってあの街っていつも風に流されてるからねっ」

アイシャちゃんも私もぽかんとしてしまった。理解が追い付かない。

「え、風に流されてるんですか？　都市が丸ごとですか……？」

「そうそう、浮遊島の宿命だよねー。年がら年中どこかに流されてるよっ」

島が浮いているから風を受けてしまう。だからずっとどこかへと流され続けてしまっている。天空都市ってそういうところなんだそうだ。だからこそ、行ったことのある人でも天空都市の今の場所は分からないんだって。

これは天空都市を見つけるのがますます難しくなったね。

「でも、じゃあ、どうやってリルルさんは天空都市に行ったんですか？」

リルルさんは天空都市に行ったことはあるって言っていた。そのときはいったいどうやってたどり着いたんだろうか。きっと何か方法があるはずだ。

リルルさんがよくぞ聞いてくれましたって顔を見せた。

「じゃーん、これだよっ」

リルルさんが奥の棚から方位磁石を取り出した。猫の顔をモチーフにした可愛らしい方位磁石だった。

「私、最初は別の魔女に天空都市に連れて行ってもらったんだー。そのときにこの方位磁石をプレゼントしてもらったの」

「この磁石の指し示す先に天空都市があるってことですか？」

「そうだよ。これは天空都市の磁場を常に指し示している方位磁石だからね。これの指し示す通りに空を飛んで行けば天空都市にたどり着けるよっ」

「そんな便利なものがあるんですね。リルルさん、それを貸して頂くことは……？」

「ん～……、そうだなぁ。簡単に貸したらつまらないから条件を出そうかなっ」

「あ、そうだ。お土産を持ってきたんですけど。ハミングホルンの街で一番美味しい焼き菓子の詰め合わせです」

リルルさんの目が分かりやすいくらいに輝いた。欲しくてたまらなそうだ。

「それはどうもありがとうっ。無理難題な条件を言ってちょっと遊んでみようかと思ったけど、焼き菓子で気が変わっちゃった。甘いものにつられてちょっとだけ難易度を下げてあげるよっ」

残念。条件は付くらしい。でも、難易度が下がったならいいかな。

「二人にこの方位磁石を貸してあげる条件だけど。二人とも、私のお仕事を明日一つだけ手伝ってくれるかなっ」

3　リルルさんのお仕事

一夜が明けて、朝九時に私とアイシャちゃんはリルルさんのお店まで飛んできた。

リルルさんはお店のドアにかかっている札をオープンからクローズドへと変えた。これから私たちと一緒に出かけるからだ。

「よーし、じゃあ行こうかーっ」

リルルさんは背中に猫の姿を模したリュックを背負っている。可愛いなーって思いながらスルーしてしまった。

「ちっちっちっ、二人ともノリが悪いなー。行こうかーって言ったらオーッだよ?」

「……」

「……」

私はアイシャちゃんを肘で小突いた。こういうのは若い子がやんなさいな。

「え、私がやるの。オ、オーッ!」

「アイシャちゃん、ありがとうーっ!　いいねいいねーっ。こういうノリって学生気分になれて心が若返る気がするよっ」

「魔法学園でこういうノリを見たことがないんだけど……」

「まあいいからいいから。それじゃあ行こうっ。このお仕事を手伝ってくれたら天空都市への方位磁石を貸してあげるからねっ」

「リルルさん、お仕事ってどういうことをすればいいの?」

「それは箒で飛びながら説明するよ。二人とも乗れるんだよね?　カノンちゃんは有名な魔女だから当然として、アイシャちゃんは?」

「カノン先生に教えてもらって乗れるようになったわ。私、大天才だからすぐに乗れるようになっ

「おおおーっ。あれけっこうコツをつかむの難しいのに。アイシャちゃんは凄いねっ」

「えっへん！」

薄い胸を張ったドヤ顔が炸裂《さくれつ》した。リルルさんがアイシャちゃんを見てニコニコする。

「それじゃあ、空へゴーしようか。いっくよー。【マジカルブルーム】！」

リルルさんの箒は柄の先が猫の顔の形になっている。特注だろうか。私もああいうお洒落《しゃれ》をしたいかもって思った。私の箒はハミングホルンの街の雑貨屋で買った地味なものだしね。

箒に【マジカルブルーム】の魔法を使って、三人で空へと上がっていく。

そして、ゆっくり飛び始める。

たぶん、リルルさんはアイシャちゃんに気を使ってスピードを出してないんだと思う。でもこれくらいがちょうどいいかも。風を切る感じが心地よくてずっと飛んでいたいって気持ちになったし。

少し前を飛ぶリルルさんが私たちを向いた。

「そろそろお仕事の説明をしようかー」

いったいどんな仕事だろうか。モンスター退治かな。魔法でできる仕事だといいけど。

「二人に手伝ってもらうのはね、薬を作るための素材をゲットすることだよっ」

私の想像とぜんぜん違った。

「お店で扱っている薬にね、女性のお肌を一〇歳くらいのみずみずしいもちもちお肌にする超凄いのがあるんだー。ゲットするのはそれの素材だねっ」

なにそれ。前世の私だったら跳びついちゃいそう。

なにせ前世の私のお肌は、過労に過労を重ねたせいでガサガサのボロボロだったからね。化粧をしっかりしなかったらとてもじゃないけど人前になんて出られなかった。前世にその薬があったなら本当によかったのにな。

アイシャちゃんが少し大きい声を出した。声を大きくしないと風に負けちゃうからね。

「ねえ、リルルさん。ゲットする素材の名前はなんていうの？」

「ブルージュエルだよ。この先の洞窟の最下層に地底湖があってね。そこに大きい貝がいっぱいいて、蓋を開けるとコロッと入ってるんだよ」

「ジュエルって、つまり宝石よね。もしかして売ったら高いんじゃない？」

「んー。ピンキリかなー。遠くの街で養殖が始まってからは大量生産ができるようになったんだよね。だから流通の多いところではわりと安くて……。あ、でもね、貝の中にブルージュエルとは違う、グリーンジュエルっていう緑色の宝石がたまーに入ってることがあるんだよ。それは珍しいからもの凄く高いよー。家が買えちゃうんじゃないかなってくらいのお値段になるねっ」

緑色のグリーンジュエルの値段が高い理由だけど、その希少性にあるんだそうだ。

魔力の高い貝が三〇年に一回作るかどうかなんだって。だから養殖でも量産ができなくて希少価値が高いんだそうだ。

それにグリーンジュエルは輝きが上品で貴族階級の女性に大人気らしい。そういうのも値段が高くなる理由になっているんだって。

「あとね、グリーンジュエルは魔力を大量に含んでるんだよ。だから専門家が加工すれば魔法道具として使えるのも人気の理由になってるんだよねー」

アイシャちゃんが興味を持ったみたいだ。表情からなんとなく伝わってきた。

「よーし、私、ぜったいにその緑色のを見つけるわっ」

「アイシャちゃん、見つけるのはブルージュエルだけでいいよー。緑色はもったいなくて調合には使えないからねっ」

「緑色を見つけたらポーンと売っちゃうわ。それで魔法学園を卒業した後に自分のお店を建てるの」

「この子はぜんぜん人の話を聞いてないねっ」

アイシャちゃんの脳内で夢がどんどん膨らんでいるみたいだ。本当にリルルさんの話が聞こえていないみたい。

しばらく飛び続けると、森の向こうに岩山が見えてきた。

ゴツゴツしていて草木はまったく生えてないね。本当に大きな岩のかたまりだ。

その岩山に向かってリルルさんがゆっくりと下降していく。私たちもリルルさんの後ろをついて下りていった。

この岩山の中腹くらいに洞窟があるんだって。かなり登りにくい岩山なんだそうだけど、私たち魔女は空から簡単に洞窟へと入ることができるから楽だね。

広めの足場があるところに洞窟の入り口が見えた。

「はい、到着～っ」

リルルさんに続いて岩山に着陸する。

洞窟っていうと丸い穴を想像していたんだけど、ここは大きな岩を左右に引っ張ってできた裂け目のようなところだった。

リルルさんが【ストレイジ】という魔法で箒をしまった。しまう先は魔女それぞれが持っている特別な異空間だ。魔力をけっこう消費するけど便利な魔法だ。

私とアイシャちゃんもリルルさんと同じように箒をしまった。

リルルさんが怖い顔をする。何か警告する顔だと思う。

「二人とも、ここから先はモンスターが出るからじゅうぶん過ぎるくらいに気を付けてね。いつもは冒険者を雇ってるくらい危ない場所だから」

「心配はいらないわ。なにせ私は大天才だからね。モンスターが出てきたら遠慮なく頼ってくれて大丈夫よ」

アイシャちゃんのその自信はいったいどこからくるんだろうか。このメンバーで一番実績がないのはアイシャちゃんなのに。

まあでも若い子はこのくらいがちょうどいいのかな？　危ないときは周りの大人が支えてあげればいいだけだから。私がしっかりしなさいって話だよね。

ちなみにリルルさんによると、この洞窟にはけっこう手強《てごわ》いモンスターがいてわりと命の危険があるらしい……。

それはちょっとしんどいかも。スローライフをモットーとする私には似つかわしくない仕事になっちゃったかなぁ。

4　洞窟探検

ブルージュエルをゲットするため、私たちは洞窟へと入っていった。

岩山の中だけあって乾燥している。それに靴ごしに感じる足元はとても硬かった。

少し歩くとすぐに陽《ひ》の光が届かなくなってしまった。完全に真っ暗闇だ。天井にぶら下がっているコウモリたちが光る二つの目で私たちを見下ろしている。

日本のゲームや漫画だと、洞窟の中って都合よく光る苔《こけ》が自生したりして明るいものだけど。現実はそう甘くはないみたいだ。

「明かりを点《つ》けるねっ」

リルルさんが猫を模したリュックからカンテラを取り出したみたいだ。そこに火を点ける。するとまるで昼みたいに周辺が明るくなった。

「わあ、カンテラって凄く明るいんですね」

「うん、魔法のカンテラだからねっ」

そのカンテラをリュックにぶら下げて歩いていく。

明るさがイヤだったのか、コウモリたちは高い声をあげてどこかへと飛んでいった。

「ここから下りていくよ。気をつけてねっ」

「うっ……。階段とかじゃないんですね……」

「あはは、カノンちゃん、洞窟に階段があるわけないじゃない。面白いことを言うねっ」

「ははは……。ですよね……」

はあ……。RPGだと階段があるのにな。本当に現実は甘くなかった。

進む先をそっと見てみる。

斜め下方向に向かって大岩がいくつか飛び出てるね。そこをジャンプしながら下りていかないといけないようだ。

うーん、私、前世では運動がダメだったし、今も自信がない。だからしまっていた箒を取り出して、空を飛んで下りていくことにした。

リルルさんとアイシャちゃんは何も気にせずにぴょんぴょん下りていく。わんぱくだこと。

「よーし、第一階層に到着ーっ」

「えっ。第一ということは、第二もあるんですか？」

「第三まであるよ？」

うわー、思ったよりも大変な道行きになりそう。まあ、仕事ってそういうものか。大変じゃなければお金にならないし仕事にもならない。

第一階層、けっこう広そうだ。道からして広いし天井は高いし曲がりくねっていて複雑そうだし。これは気合を入れていかないとだね。……あれ、何かが正面から走ってくるよ。

「来た来た来た。モンスターだよっ」

黒い毛むくじゃらの四足の獣だった。ギラついた牙を私たちに見せつけるようにしてくる。

暗いところに住んでいるからか目が退化している感じだ。どう見てもお腹《なか》が空《す》いているっぽいね。犬みたいに速いスピードで猛烈に私たちに迫ってくる。

「ガウガウガウガウガウ！」

やだ。怖い。さくっと退治してしまおう。

「私に任せてっ。【デストロイスプラッ――」

「待ってカノン先生！　思いっきり手加減した魔法を使って。じゃないと洞窟が崩れちゃうわっ！」

「ハッ。言われてみればそうだね。強い水魔法なんて使ったら洞窟が水没しちゃうところだった。アイシャちゃんありがとう。弱い魔法でいくね」

私は二本指を立てた。その指を振るうことで魔法の矢がモンスターへと飛んでいく。

「【シューティングアロー】！」

アイシャちゃんとイリスちゃんが使っていた攻撃魔法だ。強いし綺麗《きれい》だったから私も使ってみた。

魔法の矢がモンスターの眉間に当たる。そしてそのまま身体《からだ》を貫いていった。っていうだけにとどまらず、奥の壁まで突き抜けて、さらにはその先のずっと遠くまで貫き続けていったみたいだ。

「ギャ――――――――――――――――ッ！」

あ、流れ弾で壁の向こうのモンスターが一匹死んだみたい。

私の足元にドロップ品が二個飛んできた。それを拾い上げる。

「リルルさん、これいります？」

リルルさんは口を大きく開けて驚いていた。私が魔法の矢で開けた穴を凝視している。まるで顎が外れそうなくらいの驚き方だね。そんなに驚くことなんだろうか。リルルさんだってプロの魔女なのに。

「カ、カノンちゃん……？　え？　え？　今のって魔法学園で習う初級魔法だよね。威力が上級魔法みたいな感じだったけど……」

あの魔法って初級だったんだ。それは本当に知らなかった。

「な、なにか変でした……？」

「こんな凄い威力は今まで見たことないよ。モンスターどころか壁の向こうまで貫通するなんて」

「リルルさんが撃っても同じくらいになるんじゃ……？」

「なるわけないでしょ。凄すぎるなんてものじゃないよ。カノンちゃんってば、いったい何者なの？」

「私は森にこもってるただの偏屈な女ですけど」

「ただの偏屈さんには見えないよ。世界の誰よりも無双できる最強魔女って噂は本当だったんだね」

「いえ、その噂は間違ってると思いますけど……」

しかし、聞く耳を持ってもらえなかった。

「カノンちゃんって私よりも若いと思ってたんだけど、もしかしてずっとずーっと年上だったりする？　一万年生きてるタイプでもないとその強さにはちょっと説明がつかないなー」

「いえ、年齢でいうと私の方がずっとずーっと年下だと思いますよ。私はきゃぴきゃぴ言っちゃうような思春期まっ盛りの年齢ですからね。うふふふふ」

「うわ、この人、笑ってごまかす気だっ。あと、きゃぴきゃぴってめちゃくちゃ古いよっ」

とってもにこやかな愛想笑いを作ってみた。

これ以上は年齢の話はしないでねって圧だ。女性同士とはいえデリカシーって大事だと思うの。

私は話を切り上げるようにして先頭に立って進んでいった。

△

「【シューティングアロー】！」

「ウギャ―――――――！」

「【シューティングアロー】！」

「ア―――――――ッ！」

「【シューティングアロー】！」

「グエ―――――――ッ！」

洞窟内が穴だらけになっていく。

これ、壁の強度とか大丈夫かな。いきなり崩落とかしないよね。リルルさんがどんどん心配そうにオロオロしだしてるんだけど……。

「カノンちゃん、ストップ、ストーップだよっ」

「え、でもリルルさん。モンスターが迫ってきてますけど」

「それは私がやるよ。【リトルスターバースト】！」

小さな星みたいな光がたくさん発生した。またたきながら一斉に飛んでいく。それがモンスターに当たると花火みたいにワーッと弾《はじ》けた。

凄く綺麗な魔法だった。それでいてなかなかの威力。

「アギャ――――――ッ！」

岩の塊を背負ったやどかりみたいなモンスターが倒された。爆風で私たちの服が凄く揺れる。

「カノンちゃん、このくらいの威力でいいんだよ？　もっと手加減してみて？」

なるほど。手加減。

おあつらえむきに二足歩行の真っ黒いモンスターが歩いてきた。目は宝石みたいに輝いている。

あれを倒そうと思う。

「やってみます。【リトルスターバースト】！」

カッ、と何も見えなくなるくらいの眩《まぶ》しい輝きが発生した。視界一面が真っ白だ。

その輝きが真っ直《ま》ぐ《す》に飛んでいってモンスターに直撃する。するとまるで打ち上げ花火みたいに、ドッガーンとド派手に大きな音を立てて大爆発してしまった。

うっわー、これ、凄く危険な魔法だった。リルルさんが撃ったときとはぜんぜん違う。リルルさんのときは可愛くて綺麗な魔法だったのにな。

「グワ――――――――ッ！」

モンスターはあっさりと倒せたみたいだ。

しかし、洞窟全体がグラグラ揺れる。パラパラと天井から砂とか土の欠片が落ちてくる。それが頭にいくつか当たった。

「きゃ――――、カノンちゃんのバカ――――！」

「カノン先生、手加減を覚えて――――！」

「あっれー。お、おっかしーなー。軽い気持ちでやってるんだけど……」

アイシャちゃんの目がつり上がる。

「カノン先生、軽い気持ちと手加減はぜんぜん別物だからっ！」

「そ、そうなの？」

「そうよ。カノン先生はもう今日は魔法を使うの禁止ね。命がいくつあっても足りなそうだしっ」

「えええっ。でもほら、リルルさんのお仕事を手伝わないとだし」

「大丈夫よ。あとはぜんぶ私がやるから」

なんて頼もしい弟子なんだろう。自信満々に張る薄い胸がとても頼もしく見えるよ。

嬉しいことにアイシャちゃんは魔法を手加減するためのコツまで教えてくれた。簡単なやり方だと安いステッキを使うといいみたい。安いステッキは魔力伝導効率が凄く悪いから、私の大きすぎる魔力が半減されて弱い魔法を使えるんだって。

それって武器としてどうなんだろうかとは思うけど、ヒマを見つけて適当なお店で探すなり自作するなりしてみようかなって思う。

下の階層へと続く穴があった。

例によって階段じゃなかったから私は箒で下りていく。リルルさんとアイシャちゃんは徒歩だ。二人とも身軽だねぇ。元社会人の私はもうぴょんぴょん動くのは無理そうだよ。

第二階層は、岩肌がほんのり水色になっていた。

このあたりになると高度的に地面からだいぶ地下の位置になる。そのせいか土から染み落ちてきた水がちょろちょろと流れてきて小さな川を作っていた。

そしてその川の近くに点々と青色の花が咲いている。かなり可愛い花だった。

「この花はね、調合の素材になるんだよっ」

言いながらリルルさんは何本か抜いていた。

「可愛い花ですね。家に摘んで帰ろうかな……」

「あ、それは無理だねっ。だってこの花は暗いところでしか咲けないからね。明るいところだとすぐに萎《しお》れちゃうんだー」

そうだった。カンテラの明かりが強すぎるから忘れてたけど、ここは真っ暗な場所だった。

私の家が真っ暗なのは寝ているときくらいだし、この花を持って帰るのは無理かな。ちょっと残念だけど諦めよう。

青い花を眺めながら第二階層を歩いていく。

「魔法の攻撃が来るよっ。気をつけてっ！」

「大天才の私なら楽勝よ！」

え？　え？　え？　道のずっと奥からエネルギーの塊みたいなのが飛んできたんだけど。

私は一方的に攻撃するばっかりの人生を歩んできたから、逆に攻撃が飛んできたらかなり怖かった。私は一目散に壁際に逃げた。

無事にみんな避《よ》けきれたみたいだ。岩の壁際にみんな張り付くようにしている。

アイシャちゃんはすかさず反撃するみたいだ。

「【シューティングアロー】、三発同時よ！」

アイシャちゃんの五指の間に三本の魔法の矢が挟まった。それを投げつけるようにして遠くにいるモンスターに矢を飛ばす。

触手のある目玉みたいな気色悪いモンスターが倒れたね。

アイシャちゃんの魔法の矢は私のより細くて短い。でもその分、モンスターを倒すのにちょうどいい威力だったみたいだ。

私はあれくらいの強さの矢は出せそうにないな。練習しないとだね。

「さっすが私！　大天才！」

「この中では一番弱いけどねっ」

リルルさんの容赦ないツッコミにアイシャちゃんは「ぐぬぬ……」ってなっていた。

5　地底湖

アイシャちゃんがモンスターをたくさん蹴散らしてくれて、私たちは無事に第三階層まで下りることができた。

第三階層はとにかく広い。

細い道をずっと歩いて歩いて歩き続けた。モンスターだってたくさん出てきた。

そろそろ休憩がてら、お昼ごはんでも食べたいな。そう思い始めたところでようやく開けた場所に出ることができた。ここが目的の場所らしい。

私は一瞬、言葉を失ってしまった。

目を見開いて驚いてしまう。というか、感動した。

「なんて――、なんて幻想的な青い場所なんだろう」

上も下も右も左も綺麗な青色だった。飛び出ている鉱石まで青い。地底湖の水も青色だ。ちなみに対岸が見えないくらいに地底湖は大きい。

「カノンちゃん、分かるよー。ここって初めて来ると感動するよねっ」

「はいっ、感動なんてものじゃないですよ」

「うんうん、だよねだよねっ。ここってね、わざわざ観光に来る人もいるくらいなんだよ。この間なんて美術系の学生さんがこの場所を見に遠くから時間をかけて来たくらいだし。ちなみにその学生さん、景色に言葉を失うくらい感動して熱心に絵に描いてたよ」

「私、その学生さんの気持ち、分かります。だって、危険を冒してでも絵に残す価値がある景色だと思いますから」

アイシャちゃんが水をすくっている。青色に輝く水が手からこぼれ落ちていく。それがとても芸術的な光景に見えた。

「うわあ、私、こんなに素敵な湖を初めて見たわ。できればお母さんとも一緒に来たかったなー」

って、アイシャちゃんが言ったときだった。

水の中からザバーッと、魚の顔をした二足歩行のモンスターが出てきた。

ちょうどアイシャちゃんの目の前だった。みんな完全に意表を突かれてしまった。

「きゃーっ。【シューティングアロー】！」

叫びながらもアイシャちゃんはしっかり撃退している。さすがの天才肌だ。

「はあっ、はあっ、はあっ、びっくりしたー。やっぱりお母さんと一緒に来たい場所じゃなかったわ。のんびりできそうな場所じゃないし」

ちなみに以前ここに来た美術系の学生さんは、モンスターをリルルさんと冒険者さんに任せてひたすら集中して絵を描いたんだそうだ。根性のある人だね。でもそれくらいじゃないと素晴らしい芸術って生み出せないのかもね。

案外、さっきの魚みたいな可愛くないモンスターを一緒に絵に描いていたりして。そういうのが良《い》い感じの物語性を生み出したりするしさ。

「さ、カノンちゃん、アイシャちゃん、まずはお昼ごはんにしようか」

私はすぐに賛成した。お腹が空いちゃったし。この景色を見ながら食べたいし。

ちなみに、お昼にはサンドイッチを買ってきてある。ポップチェンバロの街にあるリルルさんお勧めのパン屋さんのだ。

そのサンドイッチ、リルルさんがお勧めするだけあって本当に美味しかったよ。

ただのハムサンドとかタマゴサンドなのに、どうしてこんなに美味しくなるんだろうか。とても不思議だ。

いったいどうやって作ったんだろうかと、みんなでわいわい言いながら美味しく食べた。

幸いにも、食べているときにはモンスターは一匹も出なかった。おかげでゆっくり過ごすことができた。

青色の絶景の中で食べるサンドイッチは格別だったな。これはとてもいい体験になったと思う。

ごちそうさまをしてみんなで立ち上がる。リルルさんは仕事モードに戻ったようだ。

「さーて、お腹いっぱいになったし。みんなでブルージュエルを探そうか。探してる間に後ろからモンスターに狙われないように注意してねっ」

手分けして探すって話になった。

ブルージュエルは地底湖にいる貝の殻の中に入っている。

これってきっと前世の世界でいうところの真珠みたいなものだよね。真珠の貝と似たようなのがこの世界にもいるって知って、なんだか嬉しい気持ちになったよ。

ブルージュエル、たくさん取れるといいな。

地底湖を眺めてみると、貝は手の平サイズから百センチくらいのものまでいるみたいだった。

靴を脱いで青い綺麗な水に足をつける。私、適当な貝をとりあえず開けてみた。するといきなり貝の中にいる生き物に水を吐きつけられてしまった。

「うわ、冷たっ！」

「あ、カノンちゃん、水を吐くから気をつけてね」

「リルルさん、言うのがちょっと遅いですっ」

「きゃーっ、この貝、魔法を使ってくるんだけどっ」

「アイシャちゃん、魔力の強い貝は普通に水魔法を使ってくるから気をつけてねっ」

「リルルさん、言うのがちょっと遅いわっ」

これ、回避するのは難しいって分かった。たとえ貝の背から開けてみても、管みたいなのが伸びてきて私の顔に水をかけてくる。

びっしょびしょになってしまった。でも、綺麗な青い宝石が見つかるのはとても楽しい。宝飾関連企業に勤めていた私の魂に火が灯《とも》っていく感じがした。

「一人三〇個くらいお願いねー」

けっこうな数だね。

貝の殻を開けても何も持っていないことがあるし、これはかなり疲れそうだ。貝が宝石を持っている確率は四割くらいかな。小さいのは持っていないことが多いみたい。

少し多めに取ってお土産に持って帰ろうかな。それくらいはいいよね。

無言でほいほいブルージュエルを集めていく。

たまにモンスターが出たら、まったく手加減できない魔法をぶつけて蹴散らした。そうしたら、アイシャちゃんが私に任せてって怒っていた。

「お。これはずいぶん魔力の強い貝だね」

中に人魚姫でも入っていそうな魔力を感じるよ。ちょっと大きめの貝だ。殻に触れてみたら、いきなり水魔法をぶつけられた。

息ができない。シャワーなんてものじゃない。ゲリラ豪雨をぎゅっとまとめて顔にぶつけられた気分。

「ぷはーっ。強烈っ」

痛くはないけどびっくりした。びしゃびしゃだ。最低。

「あれ？　なんだこれ？」

他の貝とは違うジュエルが入っていた。緑色だった。やけに綺麗でもの凄い魔力を感じた。手に取ってみると不思議と手に馴染《なじ》む感じがする。

あ、リルルさんが集合をかけてるね。ジュエルを持って向かった。

「みんなお疲れー。何個くらい取れた？」

「私は五二個よっ。余った分はお土産に持って帰っていい？」

「うん、いいよっ。カノンちゃんは？」

「三七個です。その中にこんなのがあったんですけど」

手の平の上にころんと緑色のジュエルを置いた。リルルさんとアイシャちゃんが目を輝かせた。

「『グリーンジュエル！』」

「え、これがあの希少な？　あ、そうか。緑色ですもんね」

「カノンちゃん、すごっ。私だって見つけたことないのに」

「さっすがカノン先生ね。私も探したんだけどなー」

リルルさんとアイシャちゃんがキラキラした瞳でグリーンジュエルを見つめてる。綺麗なジュエルに憧れる純真な少女たちって感じの瞳だった。

「リルルさん、これ、どうしたらいいですか？」

「カノンちゃんがもらっちゃっていいよっ。こういうのは見つけた人がもらうべきだからね」

もらっていいんだ。うわー、やったー。こんなに綺麗で希少なジュエルをもらえるだなんて。私も純真な少女みたいに目を輝かせてしまったかも。

そんな私の様子をリルルさんがニコニコ顔で見ている。

「で、カノンちゃん、それ売るの？　売って大きい家を買ったり？」

「えー、どうしましょうか……。家はもうありますし」

「いっそパーッと遊ぶのもいいと思うよっ」

「お金にはまったく困ってないんですよね」

「あー、そうか。森の聖女様だもんね」

「……うーん、すぐには決められないですね。しばらく鑑賞しながらゆっくり考えます。凄く綺麗なジュエルですし簡単に売るのは惜しい感じがしますから」

「それがいいね。もしも売らないのならさ、私としては装飾品にするのがいいかなって思うよ。魔力が強いから何かしらの効果を付けられるからね」

それは面白そうかもしれない。家に帰ったら色々と検討してみようと思う。

アイシャちゃんがいいなあって羨ましそうにしていた。女の子だもん。宝石が好きだよね。その気持ち、凄くよく分かるよ。


これでお仕事は終わり。おしゃべりしながら洞窟から出て、リルルさんの家の前に戻って解散することになった。

リルルさんが「ちょっと待っててねっ」と言って自分のお店に入って行く。そしてすぐに戻ってきた。手に持っている物が夕陽に照らされる。

「今日はお疲れ様。凄く助かっちゃったよ。それに楽しかったよっ。はいこれ、約束してた天空都市への方位磁石だよっ」

二人でリルルさんにお礼を言う。方位磁石はアイシャちゃんが受け取った。アイシャちゃん、嬉しそうだ。

「これでやっと行けるんだ。お母さんと約束した天空都市に」

アイシャちゃんは大事そうに方位磁石を抱きしめていた。

第7章　ミミズクと悪い魔女

1　天空都市を目指して

いざ、天空都市スカイチェロへ。

私とアイシャちゃんは朝ごはんを食べたあと、戸締まりをしっかりとして外へ出た。

荷物は肩掛けカバンに詰め込んである。

カバンに入っているのは着替えとか食料だね。リルルさんから借りた方位磁石は、チェーンを首にかけてアイシャちゃんが持っていくことにした。

天空都市は常に風に流されているから、私の家からどれだけ遠くにあるのかまったく見当すらつかない。長旅になるかもしれないから準備は万全にしておいたつもりだ。

アイシャちゃんが伸びをした。朝の日差しを受けて気合バッチリな良《い》い顔になってるね。

「アイシャちゃん、夜はちゃんと眠れた？」

「もちろん。体調バッチリよ。カノン先生は？」

「私もしっかり眠れたよ。凄《すご》く静かないい夜だったし」

「その静かな夜のために犠牲になったたくさんのモンスターたちがいることを、私はずっと忘れないわ……」

足元に素材がいっぱい転がってる。昨晩、私が倒したモンスターたちのドロップ品だ。適当に集めて家に放り込んでおいた。

「私が旅で家にいない間は森のモンスターたちが活発になりそうだなー」

「たしかにそうかも。だって魔法を連発して静かにする人がいなくなるんだからね」

「帰ってきたらすぐに静かにさせるけどね」

「モンスターのみんな、束の間《つかま》の平穏を楽しんでね……」

この世界に転生してから二〇年、私は長期に家を空けるのは初めての経験になる。なんだか新鮮な気分になってるよ。

ふわっと背中を押すような風を感じた。早く旅立ってってせかしてくるみたいだった。

アイシャちゃんが白い帽子をしっかりかぶった。魔法学園の帽子だ。風を受けそうな帽子だし、飛ばされないように気をつけないとね。

「よし、じゃあ行こうか。天空都市へ！」

私は空を指差した。

「カノン先生、天空都市はこっちみたい」

私が指差した方向と方位磁石の指し示す方向はかなりずれていたみたい。かなり恥ずかしい。

私は何事もなかったかのように振る舞って、天空都市の方向を指差し直した。

「よし、じゃあ行こうか。天空都市へ！」

「言い直した！」

「そこはオーッでしょ？」

「えー。カノン先生がリルルさんみたいなことを言い始めたわ」

「ほらほら、元気よく大きな声で」

「オー――――ッ！」

アイシャちゃんが可愛《かわい》らしく右手を空に掲げた。さすが美少女。何をやっても可愛い。

「よくできました。じゃあ、行こうか！」

「うん！」

「「【マジカルブルーム】！」」

二人同時に箒《ほうき》に魔法をかけた。すいーっと空へと浮かび上がる。

出発は穏やかな日だった。日差しはぽかぽか。風は温かい。

スローライフをしていたら、とてもいい一日だったろうなー。

でもいいんだ。アイシャちゃんの卒業課題のためだし。それに、「天空都市でチョコパフェを食べる」っていう、アイシャちゃんとお母さんの大事な約束を叶《かな》えてあげたいからね。

私とアイシャちゃんは並んで空を飛んだ。まるで鳥の姉妹みたいに仲良く飛んでいるんじゃないかな。

△

お昼の三時になって私とアイシャちゃんは近くの街へと下りていった。

アイシャちゃんの授業は三時まで。だから天空都市を探すための今日の飛行はここまでってことになるね。

あんまり飛び過ぎると疲れてしまうし三時っていうのはちょうどいいかもしれない。きっと長旅になるだろうし無理をせずに進んで行こうと思う。

ふわりと着地して街の中をのんびり歩いていく。

ここは石で家を造る街なんだね。山脈がすぐ目の前にあるし、きっとそこで良い石が採れるんだと思う。

石畳の道にはいかにもな登山用の格好をしている人が多かった。あの山脈に登るんだろうか。もしかしたら観光地として有名な街と山脈なのかもしれないね。標高が高いから登った後の達成感が凄そうだ。

ちなみに私は今も前世もインドア派だ。だから登山はぜんぜんしたことがないんだよね。登れる人は素直に凄いなあって思うよ。

アイシャちゃんと一緒にいろいろと見て回っていく。

おしゃれな服屋を覗《のぞ》き見《み》たり、大道芸に拍手を送ったり、珍しい小物を見つけて喜んだりとか、二人で賑《にぎ》やかな街を歩くのはけっこう楽しかった。旅っていいかもって思ったりもした。

そのままのんびり歩いていく。

かなりおしゃれな喫茶店があるね。店内は女性が多いし入りやすそうだ。

「アイシャちゃん、ちょっとここで休憩しようか」

「うん。可愛いお店ね」

ここでお茶をしてから宿を取りに行こう。それからちょっとだけのんびりして晩ご飯かな。

すっかり旅行気分になっている。

たまには家を出てみるのも悪くないかもね。前世で学生時代に一度だけ女友達と旅行したのを思い出してしまった。

でも、旅行なんてあれ一回だけだったな。

もっと行っておけばよかったかもしれない。けっこう誘われてはいたんだよね。もったいなかったかなー。もう遅すぎるくらいなのに、今さらそんなことを思ってしまった。

2　とある喫茶店にて

ガラス張りのドアを開けておしゃれな喫茶店へと入っていく。

「いらっしゃいませー」

カウンターの向こうにいる女性店員さんが上品な声を響かせた。長い髪を右肩の上あたりで結んでおさげみたいに流している人だった。三〇歳くらいだろうか。なんだか未亡人っぽい謎の色気のある店員さんだった。

「空いているお席へどうぞ」

お店の中には数人のお客さんがいる。埋まっている席は半分ほど。選びたい放題とは言えないけども窓際のテーブル席が空いていたからそこを選ぼうかな。

あれ、なぜかアイシャちゃんが私とは反対側のカウンター席に寄って行ったんだけど。

そっちの席の方がいいんだろうか。せっかくの知らない街だし、窓際に座って道行く人を眺める方が楽しいと思うんだけど。

アイシャちゃんが可愛らしく首を傾《かし》げて、カウンター席に座っているお客さんの顔を覗き込むようにした。

うわ、なんか失礼なことをしないかそわそわしてしまう。

パッと見の年齢だと私とアイシャちゃんってあんまり変わらないんだけど、実際の年齢は私の方がずっと上で保護者みたいなものなんだよね。だからアイシャちゃんが何かしちゃったら、私に大きな責任があると思う。

アイシャちゃん、お願いだから変なことはしないでね。

カウンター席のお客さんがアイシャちゃんに気がついた。

飲んでいたカップを優雅な所作で置いてアイシャちゃんを観察する。

「あれ、きみはうちの生徒だね」

きゃーっ、凄いイケメンボイスな女性だ。

「やっぱり学園長だった。ごきげんよう」

アイシャちゃんが制服のスカートをちょこんとつまんで可愛らしく挨拶をした。

なにそれ。いつもそんな挨拶をしてるの？　それ、私にはやってくれたことないんだけど。魔法学園の挨拶の作法なんだろうか。

ていうか、あのかっこいい女性が魔法学園の学園長なの？

「ああ、アイシャ君か。ごきげんよう」

学園長と呼ばれた女性は、見た目二〇歳くらいのかっこいい系美女だった。黒いパンツのスーツ姿で赤いネクタイがよく似合っている。顔は綺麗《きれい》なイケメン風だ。

あの若さで学園長？

なんて思ったけど、きっと長命種族なんだろう。たぶんだけど学園長って私よりもかなり年上だと思う。長命種族を見慣れていない私でもはっきりと分かるよ。長い年月を生きてきた圧倒的な存在感のようなものを感じる気がするから。あと、耳が長いからエルフっぽい種族なんだろうね。

その学園長が私を見た。少し私を観察して何やら納得顔になる。

「美しいあなたが森の聖女様かな」

「美しいだなんてそんな」

たしかに前世と違って今の私は美形だとは思うけど、急にかっこいい人に言われると照れてしまうよ。

「美しいうえに優秀な魔女だと聞いてるよ。武勇伝の数々はうちの学園で大評判さ」

「え、武勇伝？」

「一人で百万のモンスターに立ち向かい、無傷で勝利したとか」

「そんなわけないじゃないですか。噂話《うわさばなし》に尾ひれが凄くついてますよ」

百万回も魔法を唱える前に舌が乾いて喋《しゃべ》れなくなるよ。絶対に無理。

「あははは、まあ噂話ってそんなものだよ。でも、アサルトドラゴンをあっさり撃退したって話は本当だよね？」

あー、あったあった。アイシャちゃんが私のところに来た日にそんなことがあったね。

「いったい誰がそんな情報のリークを……」

「アイシャ君がレポートに書いて郵送してくれたんだよ」

「そこまで書かなくていいのに……」

「ふふふ、森の聖女様は面白い人だね」

学園長が姿勢よく立ち上がった。その立ち姿、凄くかっこいい。

「挨拶が遅れたね。私はクロエ・バージニア。魔法学園ワンダーランドの学園長だ」

「初めまして。私はカノン・ヒメミヤです。スローライフを愛するのんびりした魔女です」

よろしく、と握手をした。

「アイシャ君がお世話になってるね。それにイリス君もきみにお世話になったって聞いてるよ」

「二人ともとてもいい子ですよ。なんだかんだ楽しい時間を過ごさせてもらってます」

学園長が一瞬だけ私のことを観察するようにした。

「なるほど。……きみなら大丈夫そうだ」

「え、何がですか？」

「実はちょっと困っていたんだ。相談事があってね。よかったら頼まれてほしいんだけど」

「相談事？」

学園長がカウンターの向こう側にいる店員さんを見た。表情が暗くなっている。あの人が何か困っているっぽいね。

「とりあえず座ってくれるかい？　せっかくだしアイシャ君の生活についても聞きたいからね」

もう別の席に座る流れじゃないし相席しちゃおう。私とアイシャちゃんは学園長の隣のカウンター席に並んで座った。

ここは学園長のおごりになるらしい。お言葉に甘えさせてもらおうって思う。

さて、何を注文しようかな。メニューを見て少し悩んでしまった。

店員さんが、このお店はパンケーキが自慢だと教えてくれたからそれを選んでみる。飲み物はハーブティーに決めた。

パンケーキを待つ間、アイシャちゃんと学園長は盛り上がって話をしていた。

日々、どういう生活をしているのか、卒業課題の達成状況はどうか、アイシャちゃんは他の生徒たちから遅れていないか、などなど話は尽きなかった。

ひとまずアイシャちゃんはかなり順調な方らしい。同級生の中で箒に乗れている子は珍しいんだそうだ。

私は安心した。ちゃんとアイシャちゃんの先生として成果は出せているみたいだね。私は教えるのは素人だから、それを聞けて良かったよ。

パンケーキはわりとすぐにできあがった。

お店の自慢だけあって見た目からして美味《おい》しそう。輝くような見た目のパンケーキだった。食欲をそそってくる香りもいいね。空の旅で疲れた身体《からだ》にぴったりって感じだよ。

特産のシロップをたっぷりつけて、さっそく一口食べてみる。

「めちゃくちゃ美味しい！」

東京で食べた有名店のパンケーキを思い出した。いや、あれよりも美味しいかも。しかも、ハーブティーの香りとバッチリ合っている。これは当たりだね。大満足だよ。

「カノン先生、このパンケーキ本当に美味しいね。私、家でもパンケーキを食べたいわ」

「そうね。私も食べたくなっちゃった。この街でシロップをおみやげに買って帰ろうか」

「やったー！」

パンケーキを味わって食べる。

パンケーキの温かさにシロップの甘味が合わさって最高に幸せな美味しさを作り上げている。これは何枚でも食べられるかも。

「じゃあ、そろそろ本題に入ってもいいかな」

学園長の話が始まるみたいだ。パンケーキを食べながらアイシャちゃんと一緒に話を聞く。

「実はね、こちらの店長さんが少々困ったことになっていてね」

未亡人っぽいお姉さんは店員さんじゃなくて店長さんだったんだね。

店長さんがその困ったことを自分の口で説明してくれるそうだ。

「死んだ夫が遺してくれた大事なペンダントがあったんです――」

未亡人っぽいと思っていたけど本当に未亡人だったんだ……。

「私を守る祈りが込められた大事なペンダントだったんです。でもそれをつい先日、悪い魔女に奪われてしまいまして……」

「悪い魔女？」

そんなのいるんだ。

「はい、ここから北の山小屋に最近住み始めた魔女なんですけど、どうも宝石に目がないようなんです。その魔女がちょっと貸しておくれよと言って私のペンダントを奪ってしまい、それきり返ってこなくて……」

アイシャちゃんが悲しそうな顔になった。

「可哀想《かわいそう》な話ね。でも、そういうことなら街の兵士さんに頼んでみるのはどうかしら？」

「もちろん頼んだんですけど、こてんぱんにやられて帰ってきまして。誰も手に負えなくて困っていたんです」

「うわぁ……、凄く頼りない兵士さんたちね……」

「それでどなたか強い魔女の方がいらっしゃれば、ぜひお願いできたらなと思っていたんですけど」

店長さんが学園長を見た。

「私はたまたま仕事でこの街に来ていてね。相談を受けたんだけど、ちょっと手が空きそうにないんだ。だからカノン君とアイシャ君にこの件の対応を引き受けてもらいたいんだよね。どうかお願いできないかな。ちゃんと学園の課題扱いにするから、達成できたら卒業に向けて一歩前進っていう評価にするよ」

「やるわ」

　アイシャちゃんが即答した。

「アイシャ君、本当にいいのかい？」

「ええ、魔法を悪いことに使うなんて絶対に許せないもの。私がその悪い魔女をこてんぱんにしてきてあげるわ」

「ありがとう、アイシャ君。カノン君もいいかい？」

「……これって危ない課題の気がするんですけど、生徒を危険にさらしても大丈夫なんですか？」

「もちろん危ないときはカノン君が守ってあげてほしい」

　やっぱりそういう話になるんだ。私、人とは戦ったことがないんだけど大丈夫かな。

「大丈夫よ、カノン先生はすっごく強いんだから。それに私だって戦ったらかなり強いことはカノン先生だって知ってるでしょ？」

　うーん、私、加減とかできないからなー。大丈夫かな。

「カノン君、心配かい？」

「少し」

「では、私の使い魔を一緒に行かせよう。いざというときには使い魔を通して私がサポートをするよ」

　使い魔なんているんだ。凄く魔女っぽい。

有名な魔法学園の学園長の使い魔ならアテにしてもよさそうだ。

「それならやってみようか、アイシャちゃん」

「うん、頑張るわ！」

よろしくお願いします、と店長さんが深々と頭を下げた。本当に大事なペンダントらしい。旦那さんの形見だもんね。そんな大事な物を奪った悪い魔女は絶対に許せないな。美味しいパンケーキを作ってくれた店長さんのためにも、必ずペンダントを取り戻してあげたいね。

3　北の山の悪い魔女

宿の良いベッドでぐっすりすやすや眠った私とアイシャちゃんは、朝ごはんを食べてから学園長と合流した。

学園長は今日もかっこいい。ただ、昨日とはちょっと違うところがある。

「おはよう。彼が私の使い魔だよ」

と言って、大きなミミズクを紹介してくれた。ミミズクが使い魔なんだって。

そのミミズク、学園長の肩に乗っかって私たちを興味深そうに観察している。目がきょろきょろっとして凄く可愛い。

ちょっと触ってみたいな。羽毛が気持ちよさそうだ。

「あのー、学園長、ミミズクに触ってみても大丈夫ですか？」

ミミズクが「ホーホー」と反応する。

「触っていいそうだよ」

やった。このミミズクは使い魔だから野生の動物とは違うし、とっくに人と触れあうことには慣れきってるんだって。

さっそく触らせてもらう。

羽毛がふかふかで撫《な》でると気持ちがいい。それに撫でると喜んでくれるんだよね。それでますます可愛いなって思えてくる。

よろしくね、と言ったら「ホーホー」って鳴きながら笑顔みたいなのをくれた。可愛すぎる。

というわけで、この使い魔のミミズクと一緒に悪い魔女退治に出発しようと思う。

学園長に見送られながら私たちは空へと上がった。

北の山を目指して青い空の中を飛んで行く。

ミミズクって夜行性だと思っていたけど、学園長のミミズクは明るい時間でも問題なく飛んでいるね。

ちなみにこのミミズクは魔法で生み出した特別な生き物らしい。だから普通のミミズクとは違うのかもね。

そんな特別なミミズクと並んで風を切って空を飛んで行く。

目的地までは距離があると思ったけど飛んだらわりとすぐに着いた。

広葉樹の溢《あふ》れる山だ。

この山の中腹あたりに木造の山小屋があるって聞いている。そこに例の悪い魔女がいるんだそうだ。山小屋の周囲だけが切り開かれているから、空から見たらすぐに分かるって聞いていたんだけど……。

どこだろうか。すぐには見つかりそうにない……。

「ホー！　ホー！」

「え、なに、見つけたの？」

さすがは猛禽類《もうきんるい》。目がいいんだね。

ていうか、器用に飛んでるね。左の翼で飛びながら右の翼で方向を指し示している。そちらを見てみるとたしかに山小屋があった。ログハウスみたいな感じだね。

二人と一羽《わ》でその山小屋へと飛んで行く。

なんてことのない普通の山小屋だった。中に暖炉とかありそう。悪い魔女がいる感じにはちょっと見えないかな。怪しい薬品の香りとかもしないし。

ミミズクが近場の木の枝に止まった。私たちに危険がないかをそこから見ていてくれるみたい。

「いるかなあ、悪い魔女」

と言いながら、アイシャちゃんがさっそく山小屋のドアをノックした。ちょっ、はやっ。私、心の準備がまだなんだけど。

「ごめんくださーい。悪い魔女はいるー？」

はたしてそんな言い方をして出てくる人なんているんだろうか。

「はーい、ちょっと待っておくれー。よっこいしょと」

悪い魔女いたー。ちゃんと悪い魔女の自覚はあるんだね。自覚があるのなら直してほしいな。

ほんの少し待つと、悪い魔女はドアを開けて出てきた。

うわ、派手……というか個性的だ。

山小屋から出てきた悪い魔女は、紫色の髪が爆発したようなかなり変わった見た目の女性だった。たぶん五〇歳くらい。服は紫色ばかりで爪も紫色。指には紫色の宝石の指輪をたくさんはめていた。

ただ一つ、首からさげているペンダントだけは青海色《あおうみ》の綺麗なものだった。

「おや、なんだい。ずいぶんちんまい子が来たもんだね」

アイシャちゃんがちっちゃいんじゃなくて悪い魔女が大きいんだ。一八〇センチはありそう。

「私はちっちゃくないわ」

「はあ？　どう見てもちんまいじゃないか」

悪い魔女が煽《あお》るような表情を作る。アイシャちゃんがぐぬぬとした。

「私は成長期だからまだまだ伸びるわよ。ていうかそんなことよりもよ。もっと大事な話があるの。さあ、悪い魔女、喫茶店の店長さんから奪ったペンダントを返しなさい！」

「ペンダント？　ああ、これのことかい？」

悪い魔女が首からさげているペンダントを手に持った。

「きっとそれよ。店長さんから聞いていたのと同じだし」

「そうかいそうかい、これのことかい。これはいいものだよねえ。でもこれはね、ちゃんと借りたものなんだよ。だからしばらく返す気はないねえ。ひえっ、ひえっ、ひえっ！」

それ、一生返さないやつだ。

「むっかー！　勝手に借りることを人は泥棒っていうのよ！」

「泥棒なもんかい。私は泥棒ではなくて魔女だよ、魔女！　優秀でとっても偉い魔女なのさ！」

「あんたなんかが優秀ですって！　私は魔法学園で首席よ。優秀ならあんたの魔法の実力を見せてもらおうじゃないの」

「はんっ、私だって学生の頃は首席だったよ。ずいぶんいきのいい小娘だねえ。まあ、こんなところまで来てしまったんだからしょうがないね。相手をしてあげようじゃないか。でも、負けたらおとなしく帰るんだよ」

「望むところよ！」

「ひえっ、ひえっ、ひえっ、本当に元気だけはいいねえ」

悪い魔女が立派な杖《つえ》を持って出てきた。その杖に埋まっている宝石も紫色だった。紫色が強すぎて目がちょっと痛い。

「どういう勝負にしようかねえ」

「単純に魔法をぶつけ合うのはどう？」

「それだとあんたが怪我《けが》をしてしまうからねえ……」

「悪い魔女に心配されたんだけど。なんか凄くむかつく」

「私は悪い魔女だけど、子供を怪我させるようなタイプじゃないからねえ」

「中途半端に悪いのね……」

「そうだね。ひえっ、ひえっ、ひえっ。よーし、決めたよ。今から土魔法のとっておきのやつを使うから小娘はそこにとっておきの魔法をぶつけてきな。もしも一発で私の魔法を打ち破ることができたなら、この勝負は小娘の勝ちでいいよ」

「土魔法？　それってどういうの？」

今から見せるよ、と悪い魔女が杖を土に向けた。そして何やらぶつぶつ言う。うわ、どう見ても高度な魔法が発動した。

「いくよ！　悪い魔女の魔法をとくと見な！　【クリエイトゴーレム】！」

「ク、【クリエイトゴーレム】ですって！」

何やらアイシャちゃんが驚いてるぞ。私は状況についていけてないんだけど。

「え、なに？　それって凄い魔法なの？」

ホーホー、と私の後ろでミミズクが鳴いた。

「解説しよう。【クリエイトゴーレム】は土の上級魔法だ。応用性が高くて土をドラゴンの形にしたり馬車の形にしたりと自由に変形できるうえ、命令を忠実に実行させることができるんだ。ちなみにあれは素晴らしく耐久力の高い土人形を作っているね。かなり高度なものだよ」

どういうことだろう。ミミズクから学園長の声が聞こえてきたんだけど。

ミミズクは優しい教師みたいな眼差《まなざ》しで私を見つめている。首をちょっと傾げた。

たぶんだけど、使い魔のミミズクの目を通して学園長がこの状況を確認できているんだろうね。

そして私のためにミミズクの口を通してわざわざ解説してくれたんだ。

「学園長、アイシャちゃんは勝てそうですか？」

ミミズクが難しい顔を作って首を傾げた。

「うーん、分が悪いだろうね。うちの学園の首席卒業生は毎年優秀過ぎるからね。長く生きている分だけ悪い魔女の方が魔法の実力は高いだろうね」

「いいえ、学園長！」

アイシャちゃんも聞いていたみたいだ。

「分なんて一つも悪くないわ。だって私は歴代の首席の中でも一番の大天才だからね！　というわけで、さあ勝負よ、悪い魔女！　私のとっておきを受けてみなさい！」

アイシャちゃんvs.悪い魔女の魔法勝負が始まった。悪い魔女のゴーレムを魔法一発で破壊できればアイシャちゃんの勝ち、できなければ悪い魔女の勝ちだ。

アイシャちゃん頑張れー。

アイシャちゃんが両手を前に出した。その手に魔力が猛烈に集まっていくのを感じる。

あれはたぶん水魔法だね。土に水は有効だ。

「これが私のとっておき。水の上級魔法よ！　【ハイドロバズーカ】！」

アイシャちゃんの正面に水の大砲が現れた。そしてその大砲の中に水が超圧縮されていく。

おおお、これは凄い威力が出るんじゃない？　アイシャちゃんはやっぱり優秀な魔法少女だ。

「いっけー！」

どっかーーーん！　と水の巨大な弾丸が大砲から飛び出した。

超高威力なのは見るだけではっきりと分かる。

水の砲弾が強烈な速度でゴーレムへと飛んで直撃。ゴーレムの身体を巻き込んで水の巨大な爆発が起きた。その爆風で私たちの髪とかスカートが大きく揺れ動く。

「や、やったか！」

なんとなく言ってみた。フラグになったらごめん。

だんだん視界が晴れていく。

う、嘘《うそ》でしょ……。なんと、ゴーレムには傷一つなかった。あの威力でもダメなんだ。

「そ、そんな……！　あんなふざけたやつが私よりも上だっていうの……」

アイシャちゃん、悔しそうだ。負けちゃったね。逆に悪い魔女は鼻を高くするようにして笑い出してしまった。

「ひえっ、ひえっ、ひえ〜っ、小娘のくせになかなかやるじゃないか。でもまだまだだったねえ。六〇〇年も生きている私の魔法には遠く及ばないよ」

すっごい年齢だった。なるほど、一四歳のアイシャちゃんの魔法なんて子供の遊びみたいなものなのかもしれないね。

「くーやーしーいー！　カノン先生ー！」

「ごめんね、私が変なフラグを立てたせいだね」

「早くやっつけて！」

「うん。あのゴーレムは私が倒してあげるよ」

アイシャちゃんと場所を交代。私がゴーレムの前に立った。

あのゴーレム、真正面から見るとかなり迫力があるね。土の重量だけで私なんて簡単にぺしゃんこにできてしまいそうだ。

「ひえっ、ひえっ、ひえっ、次は先生が魔法を使うのかい？　私からしたら先生だってまだまだ小娘だけどねえ」

そりゃあ、六〇〇歳と比べたらそうでしょうね。

「でも、私の魔法はアイシャちゃんよりも強いよ」

「そりゃ楽しみだ。長いこと生きてきたけど、私以上の魔女なんてほとんど見たことがないからね」

「その余裕も今のうち。あ、ちょっと強めに魔法を撃つからゴーレムの傍《そば》からどいててくれる？」

「凄い自信だね。まあ根拠のない自信は若者の特権だ。遠慮はいらないよ。思い切りやってみな。ゴーレムの土を少しくらいは削れるといいねえ」

悪い魔女がゴーレムからだいぶ離れてくれた。あのくらいの距離なら私の魔法に巻き込まれることはないと思う。

「カノン先生、何の魔法を使うの？」

「アイシャちゃんと同じ魔法だよ」

「それなら余裕でゴーレムを倒せそう！」

「でしょでしょ」

とは言ったものの、私はこういう魔法勝負の経験がないから実はそんなに自信がなかったりする。

私はアイシャちゃんの先生なんだし、かっこ悪い結果にならないといいけど。

私は右手を前に出した。魔力をたくさん込める。普段、森の治安を守っているときよりもずっとずーっと魔力を込めたつもり。

私の髪とかスカートがふわーっと浮かび上がる。観戦しているみんなが驚いているのが伝わってくる。

「ヒッ！　な、なんて魔力なんだい！」

「さっすがカノン先生！」

「ホーホー！　これは凄い。評判以上じゃないか！」

三者三様の褒め言葉が聞こえてきた。さあ、撃つよ。

「ちょ、待っ！　そんな威力の魔法を撃ったらゴーレムの後ろの山が！」

悪い魔女が何か言ったけど、まあいいか。もうここまで来たら魔法を止めるのはだるいし。

「これが私の力だよ。受けてみて！　【ハイドロバズーカ】！」

超巨大な大砲が私の目の前に現れた。いや、超巨大というか見上げるほどというか。とにかく、とんでもない大きさの水の大砲が現れた。その大砲の中に水が集まっていき、見るからに超威力でいっきに解き放たれた。

「いっけ――――――――――――――――――！」

どっ――――――があああああああああああああああああああん！

耳を塞ぎたくなるような大爆音を鳴り響かせて巨大すぎる水の砲弾が飛び出した。

その水の砲弾は木々を薙《な》ぎ倒《たお》していき、勢いそのままに山に突撃、そしてその山の土を抉《えぐ》り続け、ついには大穴を開けてはるか彼方《かなた》まで貫通していった。

私は顎が外れそうになるほどに驚いてしまった。

アイシャちゃんも同じみたいだ。悪い魔女も。ミミズクも。

しばらくみんな無言になってしまって場が静まり返ってしまった。鳥すら鳴かない。目の前で起きた常識を凌駕《りょうが》する圧倒的な破壊力にみんな驚いている。

「や、やったか……！」

誰も何も言わないので私はどうにかその言葉を絞り出した。

悪い魔女がこっちを見た。

「やったに決まってるだろ！　私のゴーレムなんて一瞬で消滅したよ。まったく、とんでもない才能がいたもんだね。あんた名前は？　カノンって言ったっけ？　あ、なんかここのところよく聞く名前の気がするね」

「私、いつの間にか森の聖女って呼ばれてるみたい」

「思い出した！　あんたがあの森の聖女かい。なるほど、納得したよ。これは噂以上だねえ。モンスターを喰《く》らって強くなったっていうだけのことはあるよ」

「なにそれ。モンスターなんて食べたことないんだけど」

「ひえっ、ひえっ、ひえっ！　噂なんてそんなもんさ」

あれ、アイシャちゃんがドヤ顔になっている。私が勝って嬉《うれ》しいみたいだね。

「そんなことより、ねえ、ペンダントを返して。カノン先生の圧勝だったでしょ」

「それもそうだね。私の完敗だよ。いいものを見せてもらった。ほら、小娘、持って帰りな」

「わ、ちょ、ちょ、ちょ、投げないでよ」

ナイスキャッチ。アイシャちゃんはしっかり両手でペンダントをキャッチした。

私、ああいうひょいって適当に投げられたのって取れないんだよね。取れる人をちょっと尊敬してる。

「うわ、これ、凄い守護の魔力が込められてる」

「そうだね。だからこそ私が手元に置いておきたかったのさ」

「ダメでしょ、人の大事なものを取ったら」

「ひえっ、ひえっ、ひえっ。あんたは私みたいな悪い魔女になるんじゃないよ」

「なるわけないでしょ。ていうか、自分で言わないでよね。自覚あるなら直して」

悪い魔女は「ひえっ、ひえっ、ひえっ」って笑いながら山小屋へ帰っていった。なんだか凄く変な魔女だったな。

アイシャちゃんが私の所に来る。

ペンダントを見せて貰《もら》ったら、とても品がよくて可愛らしくて、絶対にあの店長さんに似合うなって思った。

あと、強くて優しい魔力を感じた。これが守護の魔力——。

こっちの世界の宝石って、お守りみたいにして魔力を込めることができるんだね。それってとっても素敵だなって思った。

ミミズクが飛んでくる。

「二人ともお疲れ様。これで課題は達成だ。気を付けて帰ってきてくれ」

私とアイシャちゃんは揃《そろ》って箒に乗った。そして、空へと飛び上がる。


店長さんにペンダントを返してあげたら涙をポロポロ流して喜んでくれた。どうしても何かお礼がしたいと言うので、パンケーキをごちそうしてもらった。

昨日も美味しかったけど、今日のパンケーキはさらに格別でもっともっと美味しかった。きっと感謝の気持ちがたくさんこもってるんだね。良いことをしてよかったって思った。

アイシャちゃんを見てみたらニコニコしていて凄く嬉しそうだった。

第8章　卒業制作と夜の会話

1　美術館

箒《ほうき》に乗って空を飛ぶのは楽しいけれど、けっこう疲労は溜《た》まってしまう。

無理なく旅を続けていきたいからお昼休憩のときにはかなりゆっくりするし、悪天候だったら雲ごと避《よ》けて安全を優先する。そして夜には良《い》い宿をとってたっぷりと眠る。

空の旅を始めてからもう一週間だ。

目的地である天空都市はまだ影も形も見えない。方角は分かっていても距離がつかめないのはしんどいね。

「カノン先生、あれって街よね」

アイシャちゃんが指差した。進行方向の左手側にたしかに街がある。

「そうだね。今日はあそこまでにしよう」

「はーい」

もうすぐ三時だ。あそこを通り過ぎたら次の街がどれくらいの距離にあるか分からない。少し早いけど今日はあそこで一晩を過ごすのがいいと思う。

私とアイシャちゃんが並んで降下を始めた。一緒に飛んでいたミミズクも下りていく。

このミミズクは私たちのことが気に入ったのか、悪い魔女の一件からずっとついてきているんだよね。ずっと一緒にいるおかげでだんだん仲良くなってきている。もはや一緒にいないと私はちょっと寂しいかも。

地面にふわりと降り立った。ミミズクは私の右肩にとまった。

今までとは雰囲気の違う街だった。赤レンガ造りの街だ。この旅に出てからレンガ造りの街は初めてで新鮮な気持ちになれた。街全体が凄《すご》くおしゃれに感じるよ。

空から見たところかなり大きい街だったし実は有名なところなのかもしれない。大きいお城とか立派な教会とかが見えたんだよね。もしかしたら由緒正しい大貴族が治めている歴史のある街なのかもね。

「カノン先生、あのカフェ、凄くおしゃれよ」

アイシャちゃんがさっそくカフェを見つけてくれたみたい。

その日の空の旅を終えたらまずはお茶で一息つくのは私たちの恒例になっている。街によって使う茶葉が違うし美味《おい》しいものも違うからこれがけっこう楽しいんだ。

窓から店内を覗《のぞ》いてみたら若い女の子がたくさんいた。ここならのんびりしやすそうだ。

「良さそうだね。ここにしようか」

「うん！」

入店して、三〇分くらいのんびりした。花の香りのするお茶が凄く美味しかった。

美味しかったねと言い合いながら二人で店を出る。

「よーし、じゃあアイシャちゃん、宿をとりに行こうか」

「待って、カノン先生。私、その前に美術館に行ってみたいわ」

「カフェの店員さんが言ってた美術館のこと？」

「そうそう。この街の名物の。凄く面白そうよね」

一週間も旅を続けているとさすがに旅慣れて楽しみ方が上達してくるものだ。

晩ご飯までの時間をどう有意義に使うかは一つの課題だったんだけど、カフェで店員さんに聞くっていうことを私たちは覚えたんだよね。現地の人なら街の特産とか名物とか有名な観光地とかを知らないわけがないし。

ということで、さっきカフェで店員さんに観光地を聞いてみたところこう教えてくれたんだ。

「え？　観光地ですか？　この街に来て美術館に行かないのはありえないですよ」

なんでもここは芸術の街なんだそうだ。

特に街の中央にあるお城みたいに大きい美術館には絶対に行くべきなんだって。子供でも知っているような有名な作品がゴロゴロあるらしい。

私はこの世界の芸術には疎いけれど、若いアイシャちゃんの教育にはいいかもしれない。

「よし、美術館に行ってみようか」

「やったー」

とはいえ、一〇階建てはありそうだ。本当にお城みたいに大きい。これ絶対に一日では回れないよね。

「ホーホー。これは楽しそうだ」

ちょうどミミズクの目を通して状況を見ていた学園長も賛同してくれた。

う……。ミミズクがとまってる私の肩がだんだん重みでしんどくなってきてしまった。でも、ミミズクの足で街を歩くのはけっこう厳しいらしいからしょうがない。

歩いているときに街の人の視線がわりと痛かった。

△

美術館はけっこうな入場料を取ってきた。でも、その値段が安いと思えるような素晴らしさがあった。この世界の芸術にかなり疎い私でも知っている絵画や彫刻だらけだし、知らない作品だったとしても目を奪われるものばかりだった。

アイシャちゃんはもっと感動したみたいで目を輝かせて作品一つ一つを鑑賞していた。

ただ、この美術館は広すぎる。

本当はもっと回りたいところだけど、まだ宿を取っていないし晩ご飯だって食べないといけないしで、そろそろ美術館を出た方がよさそうな時間になってしまった。夜の六時半だし、閉館時刻もそろそろなんじゃないかな。

アイシャちゃんに伝えると残念そうにしながらも納得してくれた。

「あ、カノン先生、最後にあそこだけ見ていい？」

「へえ、地元の芸術学校の展覧会。面白そうだね。じゃあ、さらっと見てから出ようか」

その部屋はけっこう空《す》いているし時間をかけずに見ることができそうだ。

中に入ってみると学生さんたちがにこやかに会釈してくれた。きっとこの人たちが描いたんだろうね。みんな芸術家っぽい顔をしているし。

「うわ、上手っ」

私は思わず声に出してしまった。最初に見た油絵があまりにも上手だったからだ。これで学生さんの絵だなんて思えない。

少女の裸婦画だけどいったい誰を描いたんだろうか。同級生の女の子だったりして。

説明のプレートを読んでみたらこの油絵が芸術学校の大賞作品だと分かった。納得の作品だ。絵のモデルは学校のミスコングランプリの人なんだって。作者がお願いしてモデルになってもらったみたい。アイシャちゃんが顔を赤くしながら油絵に見とれてるね。

「は～……、こんなに綺麗《きれい》に描いてもらって羨ましいな」

「だねー。アイシャちゃんも描いてもらったら？」

「私、ミスコンとれないし」

「可愛《かわい》いから絶対にとれるとれる」

「でも、裸はちょっと……」

「たしかに。裸じゃなければ私も描いてもらいたいんだけどね」

ていうかこの女学生さんは凄いね。いろんな人に裸を見られてるようなものだよね。私にはちょっとそんな勇気は出せそうにないよ。

おっと、こんなにじっくり見るつもりはなかった。次に行こう、次に。

芸術学校の生徒さんたちの絵を次々に見ていく。

いい絵があったり、意味が分からないのがあったり、これはちょっとなーっていうのがあったり。

そんな絵の中に一枚、なんだか既視感のある油絵があった。つい最近、こういう光景を見たことがある気がするんだけど……。

アイシャちゃんが何かに気がついたみたいだ。

「あれ？　これってリルルさん？」

言われてハッとなった。たしかにリルルさんだ。天空都市への行き方を教えてくれた魔女のリルルさんだね。

あ、私、既視感の正体が分かった。

「これってリルルさんと一緒に行ったあの洞窟の絵なんだね」

「あ、そうか。洞窟の地底湖ね。凄く上手《うま》いわ。あの場所の綺麗な青さがよく描けてる」

「そういえばリルルさんが言ってたね。美術系の学生さんと一緒にあの地底湖に行ったことがあるよって」

「そういえば言ってたかも。いいなあ。リルルさん、可愛く描いてもらって」

絵には綺麗な青色に光り輝く地底湖が描かれている。

その中央に佇《たたず》む猫耳のリルルさんは場に不釣り合いだ。けど、それがなんとも言えない不思議でアンバランスな魅力を出していた。

私の横に学生服の女の子が寄ってくる。

髪が長くて暗い顔の女の子だね。年齢はアイシャちゃんよりはちょっと上かな。私の外見年齢と同じくらいだと思う。それにしても上品な子だね。きっと貴族の娘さんだ。

「あのー……」

いかにも美術系な感じのおとなしい声だった。あんまり現実に興味がなさそうな目をしている。

「私の絵を見て頂きましてありがとうございます」

「え、この絵はあなたが描いたんですか！　とってもいい絵だと思いますよ！」

「私も凄くいい絵だと思うわ！」

学生さんがちょっと照れた。その表情がとても可愛らしかった。

「あ、ありがとうございます。つい、会話が聞こえてしまったのですが、リルルさんとお知り合いの魔女さんなんですか？」

「そうです。私たちつい最近、リルルさんとこの地底湖に行ってきたんですよ」

「ということは、もしかしてお二人はお強い魔女さんなんですか？」

アイシャちゃんが薄い胸を張ってドヤ顔を見せた。

「そうよ。カノン先生はこの大陸最強よ」

「アイシャちゃん、誇大広告はやめよう？」

スローライフに戻れなくなりそうだから。

「でもカノン先生って、あの最強クラスのアサルトドラゴンを凄く適当な感じに倒しちゃったじゃない。あんなのできるのってこの大陸でカノン先生だけだよ？」

「あれはたまたまそうなっただけで……。きっと高齢でよぼよぼのドラゴンだったんだよ」

「まあ！　アサルトドラゴンよりお強いんですね！」

あ……れ……。なんだか学生さんの瞳がキラキラ光り輝いてしまったぞ。

「実は私、卒業制作に悩んでいまして。ありきたりなモチーフではなく、なにかこう人々が驚くような絵を描きたいと思っていたんです。そしてその絵で学年トップの成績を取りまして、私は注目を浴びて画家の世界へと羽ばたいていきたいと考えているんです」

「はあ、それはとっても素敵な夢ですね……？」

なんかイヤな流れの気がするぞ。面倒くさいことが起きそうな――。

「つきましては、私、美しくも危険極まりない、あの大陸最強クラスと呼ばれているクリスタルドラゴンを絵に描いてみたいと思いまして」

た、大陸最強クラス……。

「そのクリスタルドラゴンがですね、ここから北東にある標高の高い山によく現れるらしいんです」

イヤな予感しかしない。イヤな予感しかしないぞー。

「ま、まさかあなたはそこに行って……、その危険極まりないクリスタルドラゴンの絵を描きたいと？」

「はい！」

目をきらきらにして私に迫ってくる。う……、断りたい。だって、危なそうだし。

「でも、生き物を描くって難しくないですか？　倒したらダメなんですよね？」

倒したらドロップ品になってしまうからね。

「ホーホー！」

私の肩にいるミミズクが反応した。ずっと片側の肩にいるもんだから凝ってしょうがないよ。

「ちょうどいい。アイシャ君の課題にしようか。クリスタルドラゴンを絵に描く方法を調べる。そして必要な魔法を習得する。実地で彼女が絵を描くのをサポートする。終わったらレポートにまとめて魔法学園に郵送で提出。難易度が高いし、ぜんぶこなせたら卒業まであと一歩ってことにしてあげるよ」

「分かったわ、学園長！　学生さん、私に任せてね。必ずクリスタルドラゴンを描かせてあげるからね！」

学生さんが嬉《うれ》しそうにした。

「ありがとうございます。あ、自己紹介がまだでしたね。私はルーシー・ミルフィー・クラウドウォーカーです。どうぞよろしくお願い致しますね」

そう言って上品にほほえんだ。なんか気品のある子だなと思ったら、この街の領主の娘さんだった。報酬は弾んでくれるって言っていた。

2　クリスタルドラゴン対策

良い宿のベッドでぐっすり眠って、美味しい朝ごはんを食べ終えた。

今日の予定だけど、私とアイシャちゃんはちょっとの間だけ別行動をすることになっている。アイシャちゃんはこの街の大図書館に行かないといけないんだよね。そこで今回の課題にぴったりの魔法を見つけてこないといけない。

私はアイシャちゃんを手伝ってはいけないことになっているから凄くヒマになりそうだ。

本当はお一人様ならスローライフを楽しみたいところなんだけど、せっかく知らない街に来ているんだし色々なお店を見て回ろうかなって思っている。飽きたら昨日の美術館に行って続きを見てもいいしさ。

あ、違った。一人じゃなかった。私の肩には学園長の使い魔のミミズクが乗っかっている。すっかり私の肩が気に入っちゃったみたいで、当たり前にそこから動こうとしない。

さすがに昨日と同じ肩は辛《つら》いから、反対側の肩に乗ってもらった。

ミミズクと一緒に服屋に行ったり、ジュエリーショップを覗いたり、本屋を見てみたりした。特に本屋には私の知らない作品が多くて、スローライフにいいと思ってたくさん買っておいた。

あとは市場が開かれていたので露店を見ながら歩いた。

さすがは芸術が盛んな街だね。芸術品を売っている人が多かった。

画商との契約がちょうど決まった人がいて、「学校を卒業してから一〇年間ずっと頑張ってきてよかった」って泣いていた。周囲からたくさんの拍手をもらっていて温かい気持ちになれちゃった。ちなみに、その人の絵は私にはよく理解できなかった。

そろそろお昼ごはんの時間が近づいてきた。

アイシャちゃんの様子を見に行こうと思う。

その道中に大きめのアクセサリーショップを発見。なんとなく、欲しいものが置いてあるお店の気がした。

「ちょっと寄り道しますね」

「ホーホー！　カノン君は可愛いものが好きなのかい？」

「好きなのは好きですけど、ちょっとアイシャちゃんに良いのがないかなと思いまして」

「ホホー。弟子思いの素敵な師匠だね」

私はそのアクセサリーショップでお目当ての物を見つけることができた。さすがは芸術の街だね。センスが良い物ばかりで、満足のいく買い物ができたよ。

△

アイシャちゃんと合流して近場の綺麗なお店に入った。

ここはパスタ屋だ。キノコと鶏肉《とりにく》のパスタが最高に美味しい。

そんな美味しいパスタを食べながら、アイシャちゃんから大図書館での調査進捗を聞いた。

「大丈夫。私の調査は順調よ。ドラゴン大全とか、ドラゴンの攻略本とか、誰でもできる最強モンスターの狩り方とか、そういう本を読んでクリスタルドラゴンについて勉強してきたわ」

「誰でもできるって誇大広告もいいところだね」

「そうね。絶対に誰でもは狩れないと思うわ。私が調べたところによるとクリスタルドラゴンは最強クラスにふさわしいドラゴンだったから。特に魔女にとっては天敵みたいな相手よ」

「天敵？　つまり、魔法がきかないとか？」

「そう。さすがカノン先生。きかないは言い過ぎだけど、ありとあらゆる魔法に耐性があるらしいわ。炎も氷も雷も爆破もダメ。おまけに毒や麻痺《まひ》なんかにも耐性があるんだって」

なにそれ。ゲームのラスボスみたいな強さだ。

「ホーホー！　その通り。クリスタルドラゴンに魔法の効果は期待できないね。カノン君の魔法ならゴリ押しで倒すことはできるだろうけど、アイシャ君にそこまでの力はない」

それでも私なら勝つけどねってアイシャちゃんのドヤ顔が炸裂《さくれつ》した。ミミズクがムリムリって感じの笑顔を見せる。そして改めて、ミミズクがアイシャちゃんを真面目な表情で見た。

「さて、アイシャ君。今回の依頼だと絵を描かないといけないから、クリスタルドラゴンを倒さずに動きを制することが求められているよね。倒すよりもよほど困難極まりない課題になっているわけだ。そこでどうすればいいか。アイシャ君の答えは出ているかい？」

「ええ、もちろんよ。私は大天才だからね」

ふふん、とドヤ顔を見せてくれる。

「私、【タイムストップ】の魔法を使おうと思うわ。つまり、時間停止ね」

ちょっとびっくりしてしまった。

「へえ、時間を止める魔法なんてあるんだ。って、私、覚えてるみたい」

「さすがカノン先生ね。ちなみに、なんで【タイムストップ】かだけどね。たとえクリスタルドラゴンに魔法がきかなくても、周囲の空間ごと時間を停止させてしまえばクリスタルドラゴンは動けなくなるんじゃないかって思ったからよ。実際、そうやってクリスタルドラゴンを止めた魔女がいたっていう記述も見つけたわ。だから効果は絶対にあると思う」

「ホーホー！　見事だよ。思ったよりも早く答えにたどり着いたね。さすがは今年の首席だ」

アイシャちゃんがえっへんと薄い胸を張った。ドヤ顔、可愛い。

「というわけでカノン先生、お昼を食べ終わったら【タイムストップ】の魔法を練習させてね」

私の使う【タイムストップ】を見て【アナライズ】で解析したいらしい。それでアイシャちゃんは時間停止の魔法を習得するんだそうだ。

アイシャちゃんの魔法の練習は無事に終わった。

準備ができたことをルーシーちゃんに伝えると、明日にも絵を描きに行きましょうと、すぐにスケジュールを決めてくれた。

泊まりがけでいっきに絵を完成させるつもりらしい。

外で宿泊する準備がいるね。あれがいるしこれもいる、とみんなで楽しみながら準備を進めた。

3　クリスタルドラゴン

クリスタルドラゴンが住むというクリスタルマウンテンへとやって来た。

私の箒の後ろには依頼者のルーシーちゃんが乗っている。ルーシーちゃん、この旅は学業の一貫だからと芸術学校の制服姿で来ているんだよね。ワンピースみたいな制服なんだけど、それがとても似合っていて可愛いと思う。

絵を描くのに必要な画材や宿泊グッズは、アイシャちゃんが箒で吊《つ》るしてまとめて運んでくれている。かなり重たいみたいだけど頑張ってくれて凄く助かったよ。

上空から、水面《みなも》が鏡みたいになっている大きな泉を発見した。あの泉はクリスタルドラゴンが水飲み場に利用している場所だそうだ。

本当に鏡みたいになってるんだよね。そのせいで上空から見たら地面にも空があるみたいにしか見えなかった。

地面へとゆっくり下りていく。

錯覚が凄い。まるで空に向かって下りていく感じがする。不安になってしまうから泉を見ないようにして土の地面へと降り立った。

みんなでまずは周辺の景色を確認する。

凄い景色なんだよね。この世のものとは思えないくらい。

アイシャちゃんがうっとりしちゃってる。

「うわー、なんて綺麗な場所なんだろう」

そうなんだよね。アイシャちゃんの言葉どおりって感じだよ。

あちこちにクリスタルが生えていて、それがとてもキラキラしていていてひたすら綺麗なんだ。

クリスタルを手に取ってみる。

本当にうっとりするくらいの綺麗さだった。お土産に持って帰ろうかな。

ルーシーちゃんが泉の方へと少し近づいて行く。

「ここがクリスタルの泉なんですね。とても神聖な空気を感じます」

景色の綺麗さにのまれたような表情になっているね。たぶん、私もルーシーちゃんと同じような表情になっていると思う。

「お二人とも、クリスタルドラゴンはこの近くの街で信仰の対象になっているそうです。ですので、どうか手荒なことはなしでお願いしますね」

「ルーシーちゃん、大丈夫だよ。アイシャちゃんがしっかり準備してきたからね。絶対に上手くやってくれるよ」

「任せて、ルーシー。大天才の私が絶対に凄い魔法を成功させてみせるからね」

「はい、とても頼もしいです」

持ってきた荷物の中から野営用のテントを引っ張り出した。

木の陰にテントを張ろうと思う。ここならクリスタルドラゴンに踏んづけられたりはしないはずだ。女の子だけだから大変だったけど、学園長がテント設営の知識と経験を持っていたからどうにかなった。ミミズクの目を通して本当に丁寧に教えてくれて助かったよ。

次はお昼ごはんの準備だ。火を起こして金網でピザを焼く。

これはすんなり上手くいった。火は魔法で起こせるし、焼くだけだから簡単に調理できちゃうし。予《あらかじ》めピザを焼く用の調理器具を用意していたのもあって両面しっかりと焼けたよ。

「ピザ、美味しいです」

ルーシーちゃんが喜んでくれてホッとしたよ。領主の娘さんで舌が肥えていそうだったからね。

ちなみに夜は香辛料につけこんだお肉でバーベキューをする予定になっている。バーベキューなんて前世の修学旅行以来だから本当に楽しみだ。

お昼ごはんを食べて少ししたら上空に強い存在が飛来したのを感じた。

見上げてみるとキラキラ輝く真っ白なドラゴンがそこにいた。

うわー、あんなドラゴンがこの世界にいたんだね。圧倒的で特別な存在感がある。私、あのドラゴンが信仰の対象になっているのが理解できるよ。まるで奇跡みたいな生命力を感じるから。

そんな特別感あふれるドラゴンがゆっくりと優雅に下りてくる。

ルーシーちゃんが息をのむようにうっとりしている。

「ふわあ、なんて綺麗なドラゴンなんでしょう」

アイシャちゃんも同じような反応だ。

「私、あんなに綺麗なドラゴンが生きているなんて信じられないわ」

アイシャちゃんの言うこと分かるよ。本当にそんな感じ。

「本当に綺麗なドラゴンだよね。長生きってするもんだね……」

しみじみ言ってしまった。

「けっきょくカノン先生って、今、何歳なの？」

「ひ・み・つ。レディに年齢を聞かないの」

「えー。またそれー？」

ホーホーとミミズクが笑った気がした。なんだか子供がじゃれあっているのをほほえましい気持ちで見ている気がする。この使い魔のミミズク、実はけっこう長生きなのかもしれないね。

私たちのやりとりを見ていたルーシーちゃんがハッとする。

「あ、うっかりしてました。アイシャさん、クリスタルドラゴンが泉に下りてくる前に例の魔法で一回動きを止めてもらえますか。なるべくモチーフに使いやすい姿勢になるよう細かく調整したいです」

「分かったわ」

クリスタルドラゴンが泉に翼を広げて下りてくる。アイシャちゃんは手を前にしてタイミングを見計らった。

クリスタルドラゴンが足を出した。私たちとはちょうど向かい合わせで泉の向こう側に下りるみたいだね。

「今です」

「オッケー！　さあ、クリスタルドラゴン、しばらく止まりなさい。【タイムストップ】！」

時間停止の魔法が発動した。

コチコチコチ……コチコチ……コチ……コチ……コ……チ……。 とても不思議な感覚だ。 時計の針の動きがどんどんゆっくりになっていく感じがする。

これ、かなり難しい上級も上級な魔法だけど、アイシャちゃんは見事に使ってみせた。 クリスタルドラゴンを含めたその周囲の時間が丸ごと停止する。 大成功だ。

いかに魔法耐性の高いクリスタルドラゴンでも、 空間全てに作用する魔法は防げなかったみたい。 泉に降り立つその瞬間、 足もついていないタイミングで動きが完全に止まった。 なんだか生きたまま剝製になったみたいな変な感じだね。

「どう？　ルーシー。 絵は描けそう？」

「うーん……」

悩みながらルーシーちゃんが少し歩いた。 しゃがんでみたり、 ジャンプをしてみたり、 一度泉の方に行ってみたり。 そして、 残念そうに帰ってきた。

「ダメですね。 モチーフとしては弱いです。 なぜ地面につくかつかないかという微妙なタイミングの絵を描くのか、 そこに説得力のある理由をつけられそうにありません」

「なるほどね。 見る人に理解される絵にならないとダメってことね」

「そういうことです。 アイシャさん、 クリスタルドラゴンが地面に降り立ったところでもう一度止めて頂けますか」

「分かったわ。 じゃあ、 一回魔法を解くわね」

ルーシーちゃんが木の幹の後ろに隠れた。それと同時にクリスタルドラゴンが動き出す。

クリスタルドラゴンはあんなに巨体なのに、音をほとんど立てずに優雅に降り立った。

「はい、ストップです」

「【タイムストップ】！」

あれは絵の素人の私が見てもダメじゃないかな。だって、明らかに着地しましたって感じなだけで何も面白くないから。

ルーシーちゃんがまた泉の方に行って確認してきた。そしてすぐに残念そうに帰ってくる。

「なんかかっこわるいです。絵にならないですね」

「私もこれは絵として弱いって思ったわ。じゃあ、動かすわね」

「よろしくお願いします」

クリスタルドラゴンが動き出した。着地の衝撃を受けたためか、少し姿勢が低くなった。それから長い首をうーんと伸ばす。伸びをしているんだろうか。天を仰いでいる。

「はい、ストップです」

「【タイムストップ】！」

忙しいね。クリスタルドラゴンは水を飲みたいだけだろうに、なかなか泉に近づけなくてもどかしそうだ。

ルーシーちゃんが確認してくる。ちょっと顔が晴れやかだ。これはいけるかな。

「かなりいいです」

「じゃあ、ここでずっと止める？」

「いえ、顔がこっちを向くタイミングで止めてもらえますか？」

「分かったわ」

クリスタルドラゴンが動き出した。伸びを終えて身体《からだ》の力を抜いてリラックスした表情でこちら側を向き――。

「はい、ここです！」

「【タイムストップ】」

「きゃーっ、これは最高のモチーフになりそうです！」

クリスタルドラゴンは水を飲むことなく絵のモチーフになることが決定した。

まあ、泉に顔を突っ込んだまま止められるよりはいいかなと思う。身体がふやけそうだし。いや、ウロコだからふやけないかな。

ルーシーちゃんが嬉しそうに画材を用意して泉に向かった。

クリスタルに溢《あふ》れた泉の風景と、その泉を優しい瞳で見つめるクリスタルドラゴンを描くんだろう。とてもいい絵になりそうだって思う。

ルーシーちゃんはイーゼルを組み立ててキャンバスを置き、油絵を描く準備を整えた。

卒業制作だ。じっくり満足いく形で描いてほしいね。

4　何かが足りない

ルーシーちゃんが黙々と絵の具を塗り重ねていく。

少し見学させてもらったけど私には何がなんだかよく分からなかった。白いドラゴンを塗るのに、なんで青色を使って塗り始めているんだろう。理由を聞いてみたいけど、ルーシーちゃんは集中しているし邪魔になりそうだから声をかけられない。

暇だった。

すっごく暇だった。

クリスタルドラゴンに触ったりしたいけど、あの辺は【タイムストップ】の魔法で止まっているから行けば私も巻き込まれてしまう。

「何かすることないかなあ。何もないよねー」

そのへんにたくさん生えているクリスタルから綺麗なのを探そうか。気に入ったのがあれば家に持って帰って飾ったりすれば楽しいかも。

やってみたらけっこうはまった。時間を忘れて楽しんでしまった。

いつの間にかおやつの時間になっていたらしい。アイシャちゃんに指摘されてしまった。

慌ててお茶を用意して、パウンドケーキを切ってお皿に載せた。根を詰めるとよくないのでルーシーちゃんを呼んで一緒に休憩してもらうことにした。

みんなで簡易的な椅子に座る。さあ、お茶会の開始だ。

でも、ルーシーちゃんは目がここを見ていないというか、お茶を飲みながらも目がキャンバスに残っているままな感じがした。本物の芸術家って感じだね。

「どう、ルーシーちゃん、絵の方は」

「え？　あ、熱っ！　私、お茶を飲んでいたんですね」

「あ、ごめん、熱いから気をつけてね」

「言うのがだいぶ遅いです……。私、絵に集中し始めると人としてダメになるんですよね。完全にやけどをしてしまいました」

「私が治してあげるよ。ベロを見せてくれる？　べーって」

べーっとルーシーちゃんがベロを見せてくれた。

「【ヒール】」

治癒魔法をかけてあげた。

「わ、凄いです。ありがとうございます」

「いえいえ、お安い御用よ」

ルーシーちゃんがパウンドケーキを食べた。美味しいと喜んでいるから、やけどの影響はなさそうだ。

「カノン先生、凄いなぁ……。私も治癒魔法を勉強してみようかなー」

アイシャちゃんの所属する学科は治癒魔法を勉強しないんだって。治癒魔法って難しいらしくて、それはそれで専門的に勉強をしないと習得できないんだそうだ。

使い魔のミミズクの耳がピクッとアイシャちゃんを向いた。

「ホーホー！　アイシャ君、治癒魔法に興味があるのかい？」

学園長ってけっこう暇なんだね。使い魔のミミズクを通してよく会話に割り込んでくるし。

「そうね。カノン先生を見ていたらいいなーって思ったわ」

「なるほど。アイシャ君は長命種族だし、人生のどこかでしっかりと勉強してみるといいよ。よかったら治癒魔法学科のパンフレットを送ろうか？」

「ん～……、すぐに勉強をしたいってわけじゃないわ。だって、今はカノン先生と一緒にいる方が楽しいからね。それにまずは魔法学科をちゃんと卒業しないとだし」

「それもそうか。ふふふ、気がはやり過ぎてしまったね」

でもアイシャちゃんは治癒魔法には本当に興味があるみたいだ。

この旅でアイシャちゃんに新しい出会いや気付きがあったのなら嬉しいな。スローライフを中断してでも引率してきたかいがあるってものだね。

アイシャちゃんと学園長はそのまま治癒魔法の話で盛り上がった。

昔の卒業生の中には、魔法学科を卒業してから五〇年後に再入学して治癒魔法を習得したなんて人がいたんだって。そんなエピソードで盛り上がっていた。

ルーシーちゃんはボーッと何もない真正面を見ながらパウンドケーキを口に入れていた。味とか分かってなさそうだ。絵に気持ちがいっちゃってるんだと思う。

「そうだ。話がそれちゃったね。絵はどうなんだっけ？」

「あ、そうでした。絵ですけど、うーん、何かこう足りない感じがするんですよね」

「足りない？」

「はい。鑑賞者に訴えかけるものがないといいますか。もちろんこの土地の風景とクリスタルドラゴンの美しさは素晴らしいんですけど……。絵に美しさだけしかないのは物足りない気がするんです。そこに何か別の感情を呼び起こすものがあれば、絵の中に素敵なストーリーが生まれる気がするんですけど」

んんんんん？　何を言っているのか私にはよく分からないぞ。芸術家の人って私とはぜんぜん違う思考を持っていそうだ。

「たとえば、どういうこと？」

「んー、たとえばですね。あの鏡のように綺麗な泉に、小さな花が一輪でも浮かんでいれば良いといいますか」

「あー、そういうことか。美術館にあった地底湖の絵もリルルさんが良いアクセントになってたもんね」

たぶんそういうことだろう。あれ、ルーシーちゃんがそれだーって顔になったぞ。

「それです！　間違いありません。カノンさん、私の絵のモデルになって頂けませんか」

「へっ？」

「私の絵に咲く一輪の可愛いらしい花。それがカノンさんです。とても良いアクセントになると思います」

「えっ、えっ、えっ？」

「ダメですか？」

「ぬ、脱がなくていいなら」

「善処します」

それならとモデルを引き受けてみた。

5　モデル

おやつの時間が終わって私は絵のモデルを始めた。

アイシャちゃんが凄く羨ましそうにしている。

「カノンさん、そこに立ってみてください」

こう、かな。

「うーん、ちょっと違いますね。靴を脱いで泉に入ってもらえますか」

裸足《はだし》で泉の綺麗な水に入った。

「うひゃー、けっこう冷たい。でも気持ちいいー」

「ああー、いいですいいです。うーん、でも、クリスタルドラゴンの表情と合ってないですね。切ない顔をしてスカートの裾を持ち上げてみてもらえますか」

難しいな。持ち上げ過ぎて中が見えないように気をつけないと。

ちょっと恥ずかしい。太ももが見えちゃってるし。

「とっても可愛いです」

「よかった。これでいい？」

「いえ、可愛いで攻めるとダメだということが分かりました」

「えー」

「アイシャさん、カノンさんの隣に行ってもらえますか？」

「私？　いいわよ。ちゃんと可愛く描いてよね。抽象的なのはダメだから」

「大丈夫です。抽象画は専門ではありませんから」

アイシャちゃんが靴を脱いで泉にぺちゃぺちゃ入ってきた。足が細くて綺麗で羨ましい。あと水に入って喜んだ顔になるのがずるいくらいに可愛かった。

「二人で見つめ合ってください」

アイシャちゃんを見つめた。

「うわー、なんだか恥ずかしいね」

アイシャちゃんが私を見つめ返してくれた。

「そう？　私は嬉しいわよ」

まるで恋人みたいに見つめ合った。

アイシャちゃんとこんなに目が合っているのは初めてかも。一ミリのブレもない完璧な美少女だ。私は心の底からそう思った。

「カノン先生、綺麗……」

「アイシャちゃん、可愛いよ……」

「ああーっ、それ、それです！　それがいいです！　なるほど、分かりました。この絵に足りていなかったピース、それは尊さですね。そのまま二人で見つめ合ったまま指を絡めてみてください」

アイシャちゃんと両手の指を絡め合った。

「最高です！　もう少し顔を近づけてください。キスする三秒前くらいな感じです」

アイシャちゃんの顔が近づいてくる。私も顔を近づけた。三秒前というか一秒前の近さだね。

「バッチリです！　そこから動かないでくださいね。お二人とも最高に尊いですよ！」

「ホーホー！　これって何時間くらいあの姿勢のままでいるんだい？」

「日が暮れて絵が描けなくなるまでです」

えっ――。

安請け合いするんじゃなかった。水、けっこう冷たいよ。

あ、でも、指から伝わってくるアイシャちゃんのぬくもりが熱いくらいだ。アイシャちゃん、ちょっと興奮してない？　目がうっとりしてる気がするんだけど。

そんな表情を私なんかに見せてくれていいんだろうか。いつか巡り合う素敵な人にとっとけばいいのに。

アイシャちゃんの瞳をずっと見ていたら、気持ちがのみこまれたみたいになっていった。次第に目が合っているのか合っていないのかよく分からなくなっていく。感覚がおかしくなっていくね。

二人の境界が曖昧になって、まるで世界に私とアイシャちゃんだけしかいないみたいになった。

時間の感覚までなくなっていく――。

こんなに誰かと見つめ合ったのは前世からの人生で一回もない。

とても尊い時間だった。

私とアイシャちゃんはお互いだけを感じて、何時間も休憩なしで過ごした。それがまったく退屈な時間ではなかった。

△

ルーシーちゃんは見るからに疲れ果てていた。

バーベキューをガーッと食べて、ゆっくりお茶をしていたらうとうとし始めたからテントで眠ってもらった。

焚《た》き火《び》がパチパチ音を立てる。

前世で子供のときに行ったキャンプを思い出すね。あのキャンプは楽しかったな。友達みんなで魚のつかみ取りをしたっけ。

ふと、泉の方を見てみる。

クリスタルドラゴンはずっと水を飲む数秒前の状態で止まっている。【タイムストップ】はかかったままだ。絵を描き終えるまで、ずっとあの姿勢のままでいてもらうことになっている。

アイシャちゃん、【タイムストップ】の魔法をずっと使い続けているんだよね。このまま一晩中魔法を使ってもらうわけにはいかない。

「……そろそろアイシャちゃんもお休みにしようか」

「え、私は朝まで起きてるわよ？」

「徹夜はダメ。絶対に禁止。これは師匠命令」

「えー」

徹夜なんてろくなものじゃないからね。

前世でやったことあるけど、あれは確実に寿命を縮める。ソースは私。だって徹夜とかをやりすぎて過労死した私だしね。説得力は抜群でしょう。

「【タイムストップ】は私が引き受けるわ」

「でも、カノン先生はいつ眠るの？」

「朝になったら眠るわ。だから朝が来たらアイシャちゃんが【タイムストップ】を使ってね」

「……私、カノン先生と夜通しおしゃべりをしたかったな」

「それはまた別の機会にしようよ。魔法を使わなくていいときにさ。天空都市への旅はまだまだ続くんだし、あんまり無理をしたらダメだよ」

「それもそうね。カノン先生、疲れたら私を起こしてね。いつでも代わるから」

「大丈夫。余裕余裕」

ちょっと残念そうにしていたけど、アイシャちゃんはおとなしくテントに入ってくれた。

いい子だね。聞き分けのいい子で本当に良かったよ。

ちなみに絵についてだけど、まだ進捗は半分もいってないらしい。絵の具を乾かしながら描かないといけないらしくて、どうしても時間がかかるんだそうだ。

だから明日もう一回、絵のモデルをしないといけないんだって。

焚き火を見つめる。火ってずっと見ていられるから不思議だ。そういえばアイシャちゃんの瞳もずっと見ていられたなーって思い出した。私もあんなに綺麗な瞳の美少女になりたいな。

お茶を淹《い》れ直《なお》した。

夜は長い。いくら火を見ているのが飽きないからといっても、一人でぼんやり過ごすのは退屈かもしれない。

静かだった。私の暮らしている森の夜とは大違いだね。

あと、星が綺麗だ。この辺は空気が澄んでいるんだろうね。見たことのないような星の絶景だった。これはずっと見ていられるかも。

「ホーホー！」

あ、そうか。私は一人じゃなかった。学園長の使い魔のミミズクがいた。木の枝に止まって眠っていた気がしたけど、しっかり起きていたみたい。軽く飛んでアイシャちゃんが座っていた席の背に下りてきた。

「カノン君、私と少し話でもしないかい？」

ミミズクから聞こえてきたその声は学園長としてのものではなくて、一人の女性としての声だった。仕事なんて関係なしに私と会話をしたいみたいだ。

6　学園長との夜会話

学園長のミミズクが私を見上げた。

焚き火の熱さを感じながら、私とミミズクで並んで座っている。

大人だけの夜の会話の始まりだ。

「まずは、うちの生徒のアイシャ君がカノン君にお世話になっていること、改めてお礼を言わせてほしい。本当にありがとう」

「いえいえ。最初はなんだこの話はって思いましたけどね。でも、アイシャちゃんはいい子ですし今ではけっこう楽しんでますよ」

「そう言ってもらえると助かるよ。じゃあ、アイシャ君が卒業したら次の年代の子も――」

「それはスローライフに響きそうなのでじっくり検討させてください」

「はっはっは。スローライフか。それはいいね。私も昔、のんびりした生活に興じていたことがあったよ」

焚き火の薪がパキッと音を立てた。

「そうなんですか？　じゃあ私たちって似たところがあったんですね」

「そうだね。ただ、そんな生活はいつまでもは続かなかった。私が優秀な魔女だとどこかから聞きつけてきた人たちがいてね。私を忙しい日々に戻してしまったんだ」

私もそんな感じかも。アイシャちゃんが来てから忙しい日々になったし。でも学園長の仕事に比べたら、まだまだ私はそんなには忙しくないけどね。

「それからは周りにずっと流されて、気がついたら学園長なんていう身の丈に合わない大変な仕事を任されていたんだ。それからなんだかんだで、もう数千年が経《た》ってしまったよ」

え、ちょ。数千年？　学園長って何歳なの。

聞きたい。でも、女性に年齢なんて聞けない。私自身も年齢を聞かれるのはイヤだし。アイシャちゃんにだって実年齢を教えていない。それなのに私が人の年齢を聞くわけにはいかないよね。

学園長って長命種族な気はしていたけど、まさかそんなにも気が遠くなるような長い長い時間を過ごしてきた人だったとは。

でも、いい時間の過ごし方だなって思う。もしかしたら学園長の歩いて来た人生は、いつか私がなぞっていく人生なのかもしれないね。

「私もいつか、スローライフが完全に終わる日が来るんですかね」

「うん。来るだろうね。カノン君は優秀だ。表舞台に立たせようとする人はこれからたくさん出てくると思うよ」

「それは困りますね」

「そうだね。困ることはいっぱいあると思う」

「じゃあそのときに備えて、アイシャちゃんを立派な魔女に育てておかないとですね」

「自分の代わりに頑張ってもらえるように？」

「そんな感じです」

はっはっはっは、と学園長は大きく笑った。正確には使い魔のミミズクが笑ってるんだけどね。

ミミズクの笑顔ってなんだか可愛い。

「まあでも、アイシャちゃんには頑張り過ぎないでほしいとは思いますけどね」

私の前世みたいになったら困るし。

「そうだね。優秀な人は挫折しやすい。悪い魔女にならないように、アイシャ君にはマイペースに生きてもらいたいね」

「ですねー」

その方が私も安心していられるし。ぜひアイシャちゃんにはそういう生き方をしてほしい。

少しだけ間があった。学園長がたぶん、お茶を飲んだ間だと思う。

「そうだ。カノン君が昨日、街で買っていたのは？　やっぱりアイシャ君へのプレゼントに使うのかい？」

昨日、私はアクセサリーショップに寄った。その話だろう。

あのアクセサリーショップで私はペンダントの材料になる商品を買ったんだよね。たとえばおしゃれなチェーンとかね。

「そうですね。アイシャちゃんにプレゼントするつもりです」

買った材料を魔法で取り出した。それからリルルさんと行った地底湖でゲットしたグリーンジュエルも取り出した。

私はこのグリーンジュエルを使ってペンダントを作るつもりだ。私の前世の趣味はアクセサリー作り。まさか転生してその趣味をいかせる日がこようとはね。

ミミズクが私の手元を覗き込んだ。

「うわー、見事なグリーンジュエルだね。これはかなりの値が付くと思うよ」

「そうですね。いつかアイシャちゃんが私の元を離れるときに、これをお守り代わりに持たせてあげようって思いまして。私、以前、宝飾関係の仕事についていたことがあって、アクセサリー作りは趣味なんですよ」

でも前世では過労死してしまったから、こっちの世界に来てからは宝飾関係には関わらないようにしていた。

だから、アクセサリーを作るのは本当にひさしぶりだ。

私を慕ってくれたアイシャちゃんのためだから、また宝石に関わることにはなってしまうけど作ってあげてもいいよね。

「アイシャ君の巣立ちのときか……。それはきっともうすぐ来るよ。彼女は今の年代で最も優秀な生徒だからね」

「ですよね。一緒に過ごしていて、そんな気が凄くしてました」

あまりのんびりしてはいられない。子供の成長は早いんだ。特にアイシャちゃんは自画自賛しているだけあって才能に溢れているから本当に早い。

いつか渡そうと思っていたペンダントだけど、もう用意しておいた方がよさそうだね。

アイシャちゃんはちょうど眠っているし今なら作業ができる。

私は焚き火の明かりを頼りにペンダントを作った。

ひさしぶりだけどやってみたら手が覚えているものだね。この身体は昔の身体とは違うけど、かつてと同じようにテキパキと指が動いて作業を進められた。

でも、昔の知識と技術だけじゃ完成まではいけない。このペンダントには私の気持ちをたくさん込めたいから。

ちょうどいいし、学園長に聞いてみようと思う。

「あのー、質問いいですか？」

「なんだい？」

「宝石に守護の祈りを込めたいんですけど、そういうのってどうやるんですか？」

「え？　ふふふ、きみは魔法を覚える順番がでたらめだね」

「でたらめな自覚はありますけど……。もしかしてけっこう簡単なんですか？」

「基礎の基礎みたいなものだよ。うちの学園なら一年生のときに学ぶことだからね」

それはとても恥ずかしいことを聞いてしまった気がする。私は卒業間近のアイシャちゃんの先生をしているわけだし。もっと勉強しておけばよかったってちょっと思ってしまった。

「それで、どういう守護をかけたいんだい？　あるいは攻撃用にすることもできるよ」

「守護です、守護。アイシャちゃんはちょっと自信過剰なところがありますし、しかも頑張り屋さんなので危なっかしいんです」

箒に乗るときもそうだったし。悪い魔女と戦ったときもそうだ。今日だって【タイムストップ】

を一人で頑張って使い続けるつもりでいた。

「そんなアイシャちゃんを母親みたいに温かく守ってあげたい。そんな祈りをこのグリーンジュエルに込めたいんです」

「なるほど。それはとても素晴らしいね。その愛情はきっとアイシャ君に届くんじゃないかな」

アイシャちゃんの母親代わりってわけじゃないけどね。これくらいのことはしてあげたいんだ。

私の年齢ならあれくらいの娘がいてもおかしくないし。情が湧いちゃってるのかも。

学園長は宝石への守護の込め方を丁寧に教えてくれた。

本当に簡単だった。宝石に思いを込める専用の魔法があって単純にそれを使うだけ。

私はその魔法を使って真剣に祈りを込めた。

どうかアイシャちゃんを末永く守ってくれますように――。

その願いを込め終わると宝石が不思議と女性の温かみを発するようになった気がした。これ、きっと私の愛情とかが込もってるんだ。

なんだか凄く恥ずかしい。

アイシャちゃん、受け取ってくれるかな。受け取ってくれるといいな。


それから学園長としばらく話した。

学園長は物知りだし話し上手だしで会話が尽きることはなかった。

これって徹夜になる私に付き合ってくれているんだって分かった。凄く感謝した。

お茶を新しく淹れて自分の椅子に戻った。

「カノン君って、別の世界から来た人だよね」

「えっ――」

一瞬、私の思考回路がおかしくなった。図星だけど、それってバレていいことなのかどうかが分からなかったから。

「ああ、隠さなくて大丈夫だよ。別の世界から来たからって何かあるわけじゃないから」

「そうなんですか？」

「うん。一万年も生きてるとね、唐突にポンと、カノン君みたいに突出した力を持った人と出会うことがあるんだよね。そういう人たちはみんな優秀で、だけどどこか暗い影があって、でも優しい人たちばかりだったよ」

「ああー……。それはきっと、別の世界で可哀想《かわいそう》な人生を歩んできた人たちだと思います。だからこそこっちの世界でやり直せるみたいですからね。もしかして学園長もそうだったり？」

「ふふふ、それは内緒にしておこうかな」

「え、ずるっ」

「その方が私の魅力が増しそうだしね」

ミミズクがウインクをした。秘密のある人はどこか魅力的だよね。学園長と私は同じ考えを持っているみたいだ。

しばらくぼんやりと火を見た。

私はお茶をゆっくりと飲んだ。

たっぷり溜めてから、学園長が話を続けた。

「カノン君」

「はい」

「お互い長命種族みたいだし、末永くよろしく」

「いえ、こちらこそ。どうぞよろしくお願い致します」

なんとなくだけど、生涯の友達ができた気がする。

一万歳も離れている人だけどとても嬉しいことだった。私は誰かと仲良くなれても先立たれることがきっと多いだろうし、寂しい気持ちが心のどこかにあったから。

「あと、これは提案というか、やんわりとしたお誘いなんだけど」

「はい、なんでしょう」

「よかったら、うちの学園で教職についてみないかい？」

「それは丁重にお断りさせて頂きます」

「理由を聞いても？」

「スローライフを送ることこそが、この二回目の人生のモットーですから」

いつか誰かに押されるようにしてその日に終わりがくるのだとしても、それは決して今ではないと思う。だからその日がくるまでは私はスローライフを堪能《たんのう》するよ。

学園長はあまり残念そうにはしなかった。断られることは初めから分かっていたんだろう。

それからは他愛のない話をして過ごした。とても楽しい時間になった。

翌日、夕暮れどきにルーシーちゃんの絵が完成した。

見せてもらったら私は一瞬頭が混乱した。

だって、目の前の景色よりも圧倒的に存在感があって美しい世界がキャンバスに広がっていたからだ。

そしてその絵の中央では私とアイシャちゃんが見つめ合っている。クリスタルドラゴンの穏やかな眼差《まなざ》しに見つめられて、二人の愛が祝福されているように見えた。尊いなって思った。

これは後で知ることだけど、ルーシーちゃんの描いたこの絵は芸術学校で一番を取って、彼女はあっという間に売れっ子画家へと駆け上っていくんだよね。

そして、ルーシーちゃんは歴史に名を残すような大画家になる。

その代表作の一つがこの絵、タイトルは「尊い師弟愛に美しい祝福を」だ。

絵の中で私とアイシャちゃんは、百年の愛を実らせた恋人のように熱く見つめ合っていた。

第9章　天空都市

1　カノンとアイシャ

ルーシーちゃんの依頼を達成してから一週間が経過した。

いったいこの旅はいつまで続くんだろうなんて思ったりする。自分の家が少し恋しくなるね。

ちなみにまだ国境は越えていない。実際に旅をしてみて、私はとんでもなく広い国に住んでいたんだなって初めて認識した。日本よりもだいぶ広い国だと思う。

あ、そうそう、学園長の使い魔のミミズクだけど、寂しいことに数日前に唐突に別れの言葉を告げてどこかへと飛んで行ってしまったんだよね。

学園長はここまでアイシャちゃんにいくつかの課題を出していたけど、もうそのネタが尽きてしまったんだとかなんとか。アイシャちゃんって本人の言うように天才肌だから、なんでもすぐにこなしちゃうんだよね。ネタがなくなってしまってもしょうがないと思う。

「カノン先生、聞いて聞いて」

「どうしたの、アイシャちゃん」

「さっき宿の人に聞いたんだけどね。天空都市がつい昨日、東の空を通って行ったらしいの。魔女の箒《ほうき》なら明日には追いつけるんじゃないかって言ってたよ」

「本当？　ということは、ついにこの旅の終わりが近づいているってことなんだね」

まあここから同じ時間をかけて戻らないといけないんだけどね。ずいぶんな長旅になったもんだ。

あれ――。

旅に終わりが見えたと思ったら、なんだか急に疲れが出てきた気がした。今まで知らず知らずのうちに気を張っていたのかもしれない。なにせこの世界での初めての長旅だったからね。楽しいこともあったけど危ないこともあった。でも、どれもいい思い出になりそう。

なんだか美味《おい》しいものをいっぱい食べたい気分になっちゃったな。それで疲れを回復したい。

「よーし、今日は美味しいものをいっぱい食べようか」

「やったー！」

「それで明日もうひと頑張りして、絶対に天空都市に行こうね！」

「ええ、明日は気合を入れて飛ぶわ！」

というわけで、高級レストランに行って羊肉の美味しいコース料理を食べることにした。

たまたまここは美食の街だったみたいで、本当にもの凄《すご》く美味しかった。

△

夜、アイシャちゃんが宿のお風呂から出てきた。いい香りが部屋にふわっと広がった。

少し会話をして、ランプの火を消す。

ぐっすり眠って明日に備えよう。

一〇分くらい静かにしていた。そろそろ寝付けそうだなってときだった。

「ねえ、カノン先生」

「んー？」

「そっちに行ってもいい？」

「いいけど」

……あれ。あっさり了承してよかったのかな。私のベッドに来て何かしたいってことじゃないよね。いや、落ち着け。アイシャちゃんはまだ一四歳だ。私みたいに心が汚れているわけじゃない。

アイシャちゃんが枕を持ってベッドに入ってきた。

「えへへ。カノン先生の香りがするわ」

凄く嬉《うれ》しそうだ。

「なになにー。甘えたくなっちゃったの？」

「うん。今夜はそういう気分」

「あら、素直」

アイシャちゃんが私の胸に顔をうずめた。小さい頭だ。羨ましい。私の胸の谷間にしっかり収まっている。

本当に今日は甘えたい気分みたいだね。私の胸でよければ存分にお甘え。私、母性が湧いて出てる気分だし。ずっと甘えてていいよ。

「カノン先生って、お母さんみたい」

「アイシャちゃんは娘みたいだね」

「えへへ。カノン先生、温かい」

「アイシャちゃんも温かいよ」

しばらくアイシャちゃんが私に甘えていた。いっぱいほっぺをこすりつけたり、私の香りを嗅いだりしていた。

それから急に静かになった。眠っちゃったのかなって思ったけど、目は開いていた。

「ねえ、カノン先生」

「んー？」

「私、ずっとカノン先生と一緒にいたいわ」

「そうだね。私もアイシャちゃんと一緒がいいな」

「本当にずっとずっと一緒だからね」

「うん。私も同じ想《おも》いだよ」

「よかった。えへへ……」

それからしばらく甘えるようにして、アイシャちゃんはぐっすり眠った。

あまりにも寝顔が可愛《かわい》かったから私はアイシャちゃんの髪を撫《な》でてしまった。凄く幸せな時間だなって感じた。

きっと、もうすぐお別れが来るんだよね。私もアイシャちゃんも、なんとなくそんな気配を感じていた。

2　天空都市スカイチェロ

美味しい朝ごはんをお腹《なか》いっぱいに食べて私たちは空に飛び立った。

これでアイシャちゃんの卒業課題が終わるんだと思うと、特別な気持ちになってしまう。

アイシャちゃんはいつも通り元気いっぱいだ。飛行にも何も問題はない。

お昼までずっと飛び続けた。でも、まだ天空都市にはつかなかったから、近くにあった街に下りてお昼ごはんを食べることにした。

レストランの窓際の席に座って空を見上げる。

ここから天空都市まではすぐだってイヤでも分かる。だって、天空都市はもう空のずっと先に小さくだけど見えてしまっているから。

思ったよりも空の高いところにあった。大地が浮かんでいるのを実際に目の当たりにすると凄く驚いてしまう。日本で言うところの完全にファンタジー世界だなって思った。

お腹がいっぱいになってから飛び上がって、一時間ほど空を進んだら天空都市にたどり着いた。

ついに卒業課題の目的地に来ることができたね。

圧倒的すぎる景色が目の前に存在している。私、信じられないものを見てしまった気分になっているよ。

天空都市は大地を深いところからごっそりえぐって浮かんでいる島って感じだった。土地はもの凄く広くて、山脈みたいなのがあるし大きな湖だってある。そして、広い街もある。

言葉を失ってしまう。ずっと見ていたい気分になる。

風に流されるようにして天空都市へと近づいて行く。だんだん街並みがはっきりと見えてきた。

箒に乗って飛んでいる人がたくさんいる街みたいだね。魔女ばかりがいる街みたいだ。

天空都市には石畳が敷かれていて、木造のおしゃれな家がたくさん建っている。たまにおかしな感性の家があって、動物の顔を模した家とかお菓子の家みたいなのまでいろいろと建てられていた。そういうのも魔女らしいなって感じた。

景色を眺めながら私たちはゆっくりと街へと降り立った。

足をついてからすぐにアイシャちゃんを見る。

「アイシャちゃん、天空都市って凄いところだね。私、この旅で一番感動しちゃったよ」

正確に言えばこの世界に来てから一番感動したのがここかもしれない。完全にゲームとかアニメの世界だなって思ったよ。

「私も感動したわ。もの凄くよ。話に聞いていた以上にここは素敵な街ね」

お店が建ち並ぶ道をゆっくりと歩いて行く。どうも魔女にとって特別なお店が多いみたいだ。魔法関連の道具とか薬とか本とか調合用の素材とか、そういうのを扱うお店ばかりなんだよね。しかも、珍しいものばかりだから何時間いても飽きなさそう。

それにどのお店もおしゃれなんだよね。魔女ばかりがいるからだろうか。外装も内装も可愛いところだらけだった。

あと猫が多いかも。魔女の相棒っていえば猫のイメージがあるしこの街にはぴったりだね。

「あ――」

アイシャちゃんが何かを見つけたみたい。看板を見て足を止めていた。私もその看板を見てみた。

「ブルームパーチ？　これって、アイシャちゃんがお母さんと一緒に行こうって約束したお店だったっけ？」

「そうね……。残念だけど……」

「残念？」

あ、私もショックだ。「閉店しました」の札がかかっていた。もう長いこと放置されているように見える。

「アイシャちゃん……」

お母さんとの夢が叶《かな》わなくなってしまった。このお店でチョコパフェを食べるっていう大切な夢が。

アイシャちゃんは気丈な笑顔を見せた。

「いいのよ。夢は夢のままの方がいいこともあるわ」

でも、泣きそうだった。

せめて他のお店でチョコパフェを食べよう。ブルームパーチで食べることは叶わなかったけど、天空都市でチョコパフェを食べることはできる。元々の夢とは違うけれど、少しでもアイシャちゃんの夢を救ってあげたい。

そう提案しようとしたときだった――。思わぬ方向から声をかけられた。

「大丈夫だよ。東の繁華街に同じ店名のレストランがあるんだ。このお店の息子さんが始めたレストランだそうだよ。きっとチョコパフェもあるんじゃないかな」

イケメンボイスが聞こえてきた。誰だろう。聞いたことのある声の気がする。

振り返ってみたら、そこにいたのは黒いスーツに身を包んだ女性だった。学園長だ。

「やあ、しばらくぶりだね」

「「学園長！」」

学園長が優しくほほえんだ。

「どうしてここに？　私とアイシャちゃんに会いに来てくれたんですか？」

「実はアイシャ君に課題を持ってきたんだよ。どうだろう。今からやってみるかい？」

あ、きっとこれ、最後の課題だ。

そうじゃなければ学園長がわざわざ会いには来ないと思うから。きっとアイシャちゃんも同じように察したと思う。

「学園長、課題を教えて。私は大天才だからすぐにこなしてみせるわ」

「そうだね。アイシャ君ならきっとすぐだ」

学園長が優しい眼差《まなざ》しをアイシャちゃんに送った。

「この課題はとても難しい魔法を使うよ。けれどその魔法を習得さえすればすぐに終わる。課題の内容は、魔法で街の地図を作成すること。そして、レストランのブルームパーチへとたどり着くことだ」

「魔法で街の地図を作る」

「そう。とても難しい魔法だよ。じゃあ、私は先に行っているから、じっくり頑張ってみてくれ」

学園長は二本の指をピッとかっこよく振ってクールに去っていった。私とアイシャちゃんだけが残った。

ふう、やるしかないか。お別れが近いのは悲しいけれど師匠は弟子の成長を喜ぶものだよね。

「課題を始めよう、アイシャちゃん」

「うん、カノン先生。私に地図を作る魔法を教えて」

「魔法学園では習ってないんだよね」

「そうね。魔法の存在自体は知ってるんだけど……。地味だけどとても難しい魔法よ。この魔法を習得する課題が出るのは、たぶん同学年で私だけじゃないかな」

アイシャちゃんはそれくらい突出して優秀だったってことだ。

「魔法の名前は分かる？」

「【クリエイトマップ】よ」

「びっくりするくらいにそのまんまね」

そうね、と言いアイシャちゃんがくすりとした。

私、その魔法をちゃんと習得しているみたい。アイシャちゃんにお手本を見せてあげられるね。

「早速、使ってみるね」

「うん、私、解析する。【アナライズ】！」

「いくよ。【クリエイトマップ】！」

うわ、この魔法、凄い。私の魔力が光になって街中をあっという間に駆け巡っていった。そして魔法の力で調べた道や店名を私の目の前に蛍光色の線で描き出していく。

もの凄く便利な魔法だ。知らない街に行ったときに重宝すると思う。

「ブルームパーチ、あったよ。って、私の魔法で分かってもダメだよね。アイシャちゃんがやらないと」

「ええ、そうね。……完璧に理解したわ。今から使うわね」

アイシャちゃんが寂しそうにした。

「【クリエイトマップ】」

アイシャちゃんの目の前に地図がどんどん描かれていく。

どう見ても魔法が成功した。

アイシャちゃんは難しい魔法をあっという間に習得してしまった。きっと他の子だとこうはいかないんだろうね。

アイシャちゃんは泣きそうになりながら私を見つめた。

「カノン先生、行こう、ブルームパーチに」

「うん。チョコパフェ、楽しみだね」

「そうね。楽しみ」

私とアイシャちゃんは、まるでそれが当たり前みたいに手を繋《つな》いで歩いた。ブルームパーチにつくまでずっと、互いの手を離さなかった。

3　巣立ちのとき

レストランのブルームパーチは飲食店が建ち並ぶ繁華街の土地を贅沢《ぜいたく》に使っていた。外装も内装もおしゃれで大きいお店だ。

とても賑《にぎ》わっていて、お客さんはみんな楽しそうに過ごしている。きっと人気のお店だから広いところに移転したんだね。

学園長は入り口の近くで立って待っていた。

立ち姿がサマになっている。私、一万年生きてもああはなれないと思う。かっこいい人って凄いなって感じた。

学園長が私たちを迎えてくれた。

「想像以上に早かったね。さすがはアイシャ君だ」

アイシャちゃんは無言だった。私の方に少し寄ってくる。

学園長が柔らかい表情を見せた。

「もう想像はついているみたいだね。そう、察している通りだよ。今のがアイシャ君への最後の課題だったんだ」

やっぱりそうだった。

「その最後の課題を立派に達成してくれた。これでもう魔法学園がアイシャ君へ教えることは何一つないよ。これまで何もかもを及第点以上にアイシャ君はやってみせてくれたね。ここ百年の卒業生の中で間違いなくアイシャ君が一番優秀だ。卒業後はプロの魔女としてきっと活躍できる。これからは学んで得た力と知識を使って、世界に大きく羽ばたいて――」

「イヤよ」

「そう言わずに。ほら、卒業証書を持ってきたんだ。受け取ってほしい。それにね、カノン君からもアイシャ君のために用意してくれたものがあって」

「え――」

私はペンダントを取り出した。地底湖でゲットしたグリーンジュエルを使ったペンダントだ。このペンダントには守護の祈りを込めてある。

「アイシャちゃん、これを受け取ってくれる？　アイシャちゃんのために作ったんだ。アイシャちゃんは優秀すぎてちょっと脇が甘いところがあるから、あなたを守ってくれる祈りをこのジュエルにたくさん込めておいたの。私からの卒業祝いだと思ってほしくて」

あー……、アイシャちゃんが泣いちゃった。ポロポロ、ポロポロ、小さい子供みたいに大粒の涙をこぼしてしまった。

「い、イヤよ、受け取らないわ。なんでそういうことをするの。私、まだカノン先生と一緒にいたいのに」

「え、いや、でも、子供はいつか巣立っていくものだから」

「絶対に受け取らないから」

「あ――」

アイシャちゃんが後ろを向いて全力ダッシュしてしまった。

そんなに一生懸命に走るとスカートがめくれちゃいそう。って、そんなことを心配してる場合じゃないか。

「ふう……、なんとなくこうなる気はしていたよ」

可愛いものを見る目で学園長はアイシャちゃんの背中を見送っている。

「なんとかならないんですか？」

「うーん、アイシャ君はもうカリキュラムを全部こなしているんだよね。しかも、どれも文句のつけようのない成績でね。普通は喜んで卒業するんだけど」

「同学年の他の子たちはいつ卒業するんですか？　例えば春の時期に一斉にとかじゃないんですか？」

「タイミングはまちまちだよ。魔女として一人前にやっていけるって判断できたところで卒業だね。長い子は一〇年かかったりするかな」

アイシャちゃんは天才中の天才だったわけだね。ここ百年の卒業生の中で一番っていう学園長の評価はお世辞でもなんでもなかったみたい。

「じゃあ、説得するしかないんですね」

「あるいは――」

学園長が今日までに考えていたことを説明してくれた。

その提案はアイシャちゃんにとっていいものかもしれないって思えた。

「ちゃんと考えてくれてるんじゃないですか。なんでアイシャちゃんに言ってあげないんですか？」

「だってほら、カノン君のスローライフが台無しになるだろう？」

「う……。まあそれはそれ、これはこれですよ」

一四歳の女の子を、天才だからとポーンと他の子たちよりも早めに放り出すよりはいいんじゃないだろうか。

私だってアイシャちゃんとはもう少し一緒にいたいって思ってるしね。

△

アイシャちゃんは綺麗《きれい》な川にかかっている橋の上にいた。

一人でぼんやりと水の流れを見ている。

ポーンと石を投げてつまらなそうにしていた。分《わ》かり易《やす》くいじけてるね。

「アイシャちゃん」

「受け取らないわ」

「ダメよ」

「地の果てまでも逃げるから」

「それもダメ」

「ダメダメ星人」

「ちゃんと卒業はしよう？」

「でもそうしたら、カノン先生と離れ離れになっちゃうんだよ。お母さんみたいな人だって思ってたのに」

うわー、いっぱい泣いた跡がある。そんなに慕ってもらえて嬉しいがいっぱいだ。

「私、こんなに人を尊敬したのは初めてよ。料理だって美味しかったし。本当にずっと一緒にいたくて。だから絶対に卒業なんてしたくなくて」

「ダメ。はいこれ、卒業証書と、私の卒業祝いね」

学園長から預かった卒業証書と私からのペンダントを渡した。でも、受け取ってくれなかった。首をぶるんぶるん振られる。

「どうしても卒業したくないの？」

「したくないわ」

「本当にどうしても？」

「うん」

「じゃあ、しょうがないか」

「た、退学とかもダメだから。私はカノン先生と一緒にいたくて。師匠と弟子として。まだいっぱい学びたいこととかあるし。家事とか。本当に色々と。知らない魔法だってまだまだいっぱいあるし」

「そんなアイシャちゃんに学園長から提案があったよ。その内容を伝えるね」

「学園長から？」

「そう。聞いて。アイシャちゃん、魔法学園の魔法学科はちゃんと卒業してほしいんだって。それでもまだどうしても勉強をしたいって言うのなら――」

ごくり、とアイシャちゃんが息をのんでいた。

どういう言葉が来るのか想像がついてなかったんだろうね。覚悟を持って私の言葉を待っている。

「アイシャちゃん、治癒魔法学科に編入するのはどうかな、って学園長は言ってたよ」

「え、治癒魔法学科？」

「基礎教養はもうこなしているからそこは免除で、残りの課程を私の家で引き続き学んでいけるようにしてくれるって話よ。私が教えきれない分は治癒魔法学科の先生を新しく派遣してくれるんだって。私はいい話だと思うけど。どうかな？」

学園長は言っていた。長命種族の人は長い人生の中で魔法と治癒魔法のどちらも習得する人がけっこういるんだと。

アイシャちゃんも長命種族だし、ぴったりの提案だと思った。

アイシャちゃんが安心した表情になっていった。涙をぬぐって嬉しそうにしてくれる。

「よかった……。本当によかったわ……。私、カノン先生と離れなくていいんだ」

ホッとしたのかアイシャちゃんの目から涙がこぼれ落ちた。

でも、アイシャちゃんが今日までで一番の笑顔をくれた。

「カノン先生、これからも私をよろしくねっ」

エピローグ

天空都市からわが家に帰ってきた。

いやー、ブルームパーチのチョコパフェは美味《おい》しかったなー。あれから数日経《た》ったけど、まだ舌にあの味を思い出せるよ。

学園長に超高速飛行魔法を教えてもらったし、そのうちまたふらりと食べに行きたいね。

「カノン先生ー。アクセサリーの作り方を教えてー」

アイシャちゃんは引き続きうちで預かっている。きっと、これから長い付き合いになっていくんだと思う。

「いいけど、何を作りたいの？」

「私もカノン先生にペンダントをプレゼントしたくて」

ブルージュエルを二個用意していた。そういえば、アイシャちゃんって地底湖でたくさんブルージュエルをゲットしてたっけ。

「え、それ全部使うの？」

「うん」

「じゃあ、ネックレスの方がいいかも」

「どう違うの？」

「そこからか……」

よーし、それじゃあ、前世で宝飾業界にいた私の知識を伝授してあげようじゃないの。

「アオ――――――――――――――ン！」

「ピギャ―――――――――――――！」

「ゴエ――――――――――――――！」

「ボ――――――――――――ン！」

「ウニャ――――――――――――――――！」

あー……。始まったか。

夜の森の恒例行事が。

このモンスターの声を聞くと家に帰ってきたなーって感じがするね。

「アイシャちゃん、ちょっと待っててね。すぐに静かにしてくるから」

私は家の外へと出た。そして、魔法を連発する。

「ギャ――――――――――――――――――――――ッ！」

モンスターの悲鳴がたくさん聞こえてきた。

私のスローライフを邪魔する存在は誰一人として許さないよ。

ああでも、一緒に過ごしてくれる家族は別かな。

家族との穏やかな生活を守るためにも、私は気合を入れて魔法を連発していくのだった。

あとがき

本書を手に取ってくださった皆様ありがとうございます！　そして、初めまして。スローライフを夢見る作家、天坂つばさです。

このたび異世界マンガ原作小説コンテストにてありがたいことに大賞を頂くことができました。Ｐｉｘｉｖにて応援してくれた皆様、選んでくれた編集者様、本当に感謝がつきません。皆様のおかげで素敵な本ができました。

いやー、いま思い出しても最初に編集さんから連絡が来たときは感無量でしたよ。カノンとアイシャの暮らしや旅をもっと書きたいなって思っていたので、本当に幸せな気持ちになりました。

しかも嬉しいことに、本作はコミカライズも決定しているんですよね。カノンとアイシャの過ごすちょっと賑やかな日々を漫画でも楽しめる日が来るんです。これはもう想像するだけでわくわくが止まりませんよね。ぜひぜひ漫画版の応援の方もよろしくお願いします。

さて、最後になってしまいましたが謝辞を。イラストレーターのみきさい様、とても素敵な絵を描いてくださって大大大感謝です。カノンもアイシャもみんな超可愛いです！

ではでは、またお会いできることを祈りつつ――。

２０２４年10月　天坂つばさ

Kラノベブックス

私《わたし》の魔法《まほう》は絶対《ぜったい》に当《あ》たるんです

～スローライフを守《まも》るために魔法《まほう》を撃《う》ち続《つづ》けていたら、いつの間《ま》にか森《もり》の聖女《せいじょ》になっていました～

天坂《あまさか》つばさ

2024年11月28日第1刷発行

発行者	安永尚人
発行所	株式会社 講談社 〒112-8001　東京都文京区音羽2-12-21
電　話	出版　(03)5395-3715 販売　(03)5395-3608 業務　(03)5395-3603
デザイン	山田和香＋ベイブリッジ・スタジオ
本文データ制作	講談社デジタル製作
印刷所	株式会社KPSプロダクツ
製本所	株式会社フォーネット社

KODANSHA

ISBN978-4-06-538004-8　N.D.C.913　291p　19cm
定価はカバーに表示してあります

ファンレター、
作品のご感想を
お待ちしています。

あて先　〒112-8001　東京都文京区音羽2-12-21
(株) 講談社　ライトノベル出版部 気付
「天坂つばさ先生」係
「みきさい先生」係

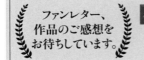